I PRECURSORI DI C. LOMBROSO

GIUSEPPE ANTONINI

Texte et illustration de couverture : © domaine public
Edition : Culturea (Hérault, 34)
Contact : infos@culturea.fr
Retrouvez notre catalogue sur http://culturea.fr
Imprimé en Allemagne par Books on Demand
Design typographique : Derek Murphy
Layout : Reedsy (https://reedsy.com/)

Dépôt légal : janvier 2023

ISBN : 9791041841394

INTRODUZIONE

Cesare Lombroso, colla pubblicazione dell'Uomo delinquente in rapporto alla antropologia, giurisprudenza e discipline carcerarie, nel 1876, determinava una nuova orientazione del diritto penale, ed iniziava un'êra gloriosa per la scienza italiana, facendosi centro di un vasto movimento scientifico nel campo di tutte le discipline biologiche e giuridiche.

Il lavoro compiuto in quest'ultimo quarto di secolo, dietro l'impulso dell'opera assidua, tenace, feconda del grande Maestro, fu enorme; i principî che egli sosteneva con ardore d'apostolo e con la sicurezza del documento sperimentale dello scienziato, si imposero, ed attrassero elettissimi ingegni che gli si misero a lato, collaboratori più che discepoli, portando le applicazioni dell'antropologia criminale nel diritto e nella procedura penale. E così si venne affermando l'esistenza di quella Nuova Scuola, che coi nomi di Lombroso, Ferri o Garofalo ha portato oltre le alpi le energie del pensiero italiano, agitando per ogni terra civile la bandiera della giustizia e della scienza; ammonendo i governi di portare efficace e pronto rimedio alla codificazione penale attuale, basata soltanto su forme di astrazioni giuridiche, impropria e pericolosa per eccessivo e metafisico individualismo, nella severità e nell'indulgenza.

Dare un'idea, per quanto ristretta, di tutto il lavoro compiuto dalla Nuova Scuola sarebbe opera superiore al mio intento ed alle mie forze, e dovrei fare un'incursione nelle scienze giuridiche e sociali; io voglio limitarmi a fare l'esposizione dei capisaldi della dottrina Lombrosiana, al solo scopo di richiamare l'attenzione su quanto delle geniali concezioni del nostro Maestro abbiano intravveduto gli antichi; e come per le affermazioni e le verità da lui proclamate, e che ebbero ed hanno opposizioni nel campo di coloro che si chiudono entro la cittadella del misoneismo e del classicismo, si possano riscontrare gli elementi di osservazione nelle età lontane; e dimostrare infine che l'antropologia criminale non nacque già come una Minerva armata per volere di un uomo; ma perchè il genio di quest'uomo seppe raccogliere, sistemare, ordinare; accelerare in una parola l'evoluzione di una dottrina, che per essere basata sulla verità di fatto non poteva rimanere completamente sconosciuta.

Molti vi sono ancora nel pubblico colto che diffidano dello teoriche Lombrosiane, come di qualche cosa di sovversivo ed utopistico; molti che rifuggono spaventati perchè a loro sembri che la caduta dell'edificio del classico diritto penale debba lasciare impunita la delinquenza, e sprovvista la società di mezzi di difesa; molti che per le identità e i contatti fra pazzi e delinquenti e la causalità che entrambi ripetono dalla degenerazione psico-fisica, dimostrate dal Lombroso, sono inclinati a vedere nelle tendenze della Nuova Scuola soltanto l'effetto del fascino personale di un uomo, che, come tale, è soggetto ad errare, accecato dal preconcetto.

4

Ond'è che il divulgare le conoscenze intorno ai Precursori di Lombroso potrà servire, io spero, a rendere meno ostiche le dottrine e le pratiche applicazioni della Scuola tutta, che ha avuto dei rappresentanti in tutte le età e in ogni classe di osservatori, i quali intuirono e presentirono almeno una parte del Vero, che essa seppe ora luminosamente mettere in evidenza.

Capitolo I.

L'"Uomo delinquente,, di C. Lombroso

1.Classificazione. - Eziologia. — 2. Anatomia patologica. - Antropologia. - Esame fisico del delinquente nato. — 3. Biologia e Psicologia. — 4. Identità del delinquente nato col pazzo morale e coll'epilettico.

1. – L'esposizione che ci siamo proposti di fare della dottrina Lombrosiana, al fine di rintracciare quanto di essa venne già dagli antichi intuito, non può che essere sommaria e limitata ai risultati più importanti e alle concezioni, che, ad onta delle modificazioni subìte per opera dello stesso autore, perchè la sua mente progressiva veniva, assimilando il prodotto dell'immenso lavoro di osservazione ed analisi cui egli stesso aveva preveduto, rimangono caratteristiche e fondamentali della sua Opera. E in questo dovremo tener, calcolo del duplice aspetto psico-antropologico o giuridico-sociale, perchè egli non si è limitato al solo lavoro scientifico di medico e psichiatra, ma tentò d'applicare, in un sistema filosofico e giuridico, quanto le osservazioni di fatto e il suo intatto geniale gli avevano rivelato di vero.

Perciò, senza tenere un ordine cronologico nell'esposizione dei lavori del nostro Maestro, prenderemo in esame soltanto il suo lavoro capitale: L'Uomo delinquente, nella ultima ediz. del 1897, che rappresenta la più elaborata, completa e sicura espressione di quanto la sua mente innovatrice abbia creato.

Il delitto è un fenomeno naturale; non solo nelle società umane, ma negli animali, nelle piante, nel mondo fisico si trovano gli equivalenti del delitto e della pena.

Nei selvaggi, rappresentanti nell'attualità le razze primitive ancestrali, il delitto non è l'eccezione, è la regola; nella lingua stessa dei popoli antichissimi si trova la dimostrazione come non vi sia differenza ben chiara fra delitto ed azione.

Tutte le azioni considerate delittuose dalla coscienza e dai codici moderni si trovano nelle società selvaggie ed antiche, e si compiono senza che per esse abbiano carattere criminoso.

La mancanza di pudore, la prostituzione consacrata dalla religione e dagli usi, la poliandria, l'incesto, gli stupri, i ratti, la poligamia, l'aborto, l'infanticidio, nel campo dei reati sessuali; la violenza era lo stato di norma; l'Omicidio, considerato attualmente come il massimo dei reati, presso alcuni popoli era rito religioso e sacrifizio imposto dalla religione per propiziarsi gli dei, o per acquistare gloria e rinomanza, o giustificato dalla difesa e dalla vendetta. Il cannibalismo, che è il più alto grado a cui possa giungere la ferocia umana, non produceva presso i popoli che l'ebbero in uso alcuna ripugnanza: fame, religione, vendetta, pregiudizio, ghiottoneria giustificavano il turpe costume. Non essendovi nei primi aggregati sociali proprietà individuale ben definita, il furto non esisteva come reato, ed anche più tardi quella del ladro non era reputata professione infamante. A Sparta era lecito il furto; solo si puniva se compiuto con poca destrezza.

Ciò che è considerato delitto presso i selvaggi e i popoli primitivi, sono le infrazioni all'usanza. Se nell'uso passavano azioni che noi riteniamo altamente criminose, non vi poteva essere campo a qualificare delinquente chi le commettesse. Non essendovi idea di delitto non vi poteva nemmeno essere quella della pena. L'unica pena è la vendetta individuale come ragione difensiva, embrione però di quella difesa sociale, i cui diritti proclama la nuova scuola. L'umanità dovette passare un lungo periodo di evoluzione morale prima di acquistare i sentimenti etici che ora la reggono.

E perchè lo sviluppo evolutivo della specie si rispecchia e riproduce in tutte le sue fasi nell'individuo, così nel fanciullo troviamo come abituale mancanza del senso morale, e quei germi di una criminalità, che più tardi, per lo sviluppo completo e per l'educazione dell'ambiente, nei normali tendono a scomparire. Da questi fatti Lombroso ha intuito che il delinquente fosse il rappresentante nella attualità delle razze primitive inferiori; ed intraprese le ricerche sull'uomo delinquente col concetto che esso, per atavismo, degenerazione ed arresto di sviluppo riproducesse i caratteri psichici ed anatomici dell'uomo barbaro e selvaggio.

Ma prima di passare all'enumerazione dei caratteri psico-antropologici dei delinquenti, credo utile esporre la classificazione rispondente alla varietà dei fatti naturali, ed adottata dalla Nuova Scuola.

Chiunque si fermi a considerare anche superficialmente i delitti che ogni giorno si commettono e dei quali venga a cognizione nelle cronache giudiziarie, comprenderà di leggeri come sia impossibile poter risalire ad uno stesso gruppo di cause, e quante differenze presentino i vari fattori a determinare due uomini, per es., ad uno stesso delitto.

Di qui la necessità di una divisione razionale e l'abbandono del vecchio tipo unico ed astratto del delinquente. Il che se non era, come vedremo, sfuggito agli antichi, non venne però mai afferrato, così da farne una sistematica ed ordinata trattazione.

Sotto li punto di vista psicologico, come dal punto di vista fisicologico, i criminali devono essere distinti in due tipi caratteristici: delinquente nato e delinquente per passione. Il primo identificato col pazzo morale o col delinquente epilettico, dà come varietà antropologica il delinquente alienato, il secondo il delinquente d'occasione. Il delinquente d'abitudine è un tratto d'unione fra il primo ed il secondo tipo.

Il delinquente nato, di cui l'omicida e il ladro sono le figure più comuni, è caratterizzato dall'assenza congenita del senso morale e dall'imprevidenza.

Dal primo carattere derivano l'insensibilità psico-fisica per le sofferenze e i danni delle vittime, di sè e dei complici, il cinismo, l'apatia nello svolgersi dei processi e nel carcere. Da qui la nessuna ripugnanza a concepire e ad eseguire il delitto o l'assenza di rimorso dopo il fatto.

Dall'imprevidenza originano gli atti imprudenti prima e dopo il delitto e la nessuna paura delle pene minacciate dalla legge.

Il delinquente poi passione presenta relativamente al senso morale un quadro affatto opposto al delinquente nato. Presenta esso pure imprevidenza e disprezzo delle leggi, ma la genesi di questo sentimento è diversa. L'imprevidenza del delinquente nato proviene dall'assenza ereditaria di senso morale; nel delinquente per impeto di passione invece, è per un offuscamento momentaneo transitorio del senso morale, che dopo l'atto si risveglia potente nella confessione spontanea e col rimorso sincero.

Il delinquente d'occasione è caratterizzato da una debolezza del senso morale, il quale, in forza della costituzione individuale e per le circostanze favorevoli dell'ambiente sociale, non si perde ed offusca completamente; mentre il delinquente d'abitudine, dapprima un delinquente d'occasione, in seguito a circostanze, ambienti meno favorevoli, finisce in una completa insensibilità morale come l'ha il delinquente nato costituzionalmente. La precocità e la recidiva servono pure a distinguere le varietà criminali. Il criminale istintivo è quasi sempre precoce, quello d'abitudine è sovente precoce e diventa recidivo cronico.

Quello d'occasione e il delinquente per passione non sono mai precoci, il primo raramente recidivo, l'ultimo mai.

Il delinquente alienato è antropologicamente identico al delinquente nato, come nei casi di follia morale o d'imbecillità morale ed epilessia, oppure si differenzia non soltanto per il disordine intellettuale, ma anche per molti sintomi psicologici.

Nella deliberazione del delitto vi sono due tipi di criminali alienati: quelli che lo eseguiscono dopo una lenta invasione dell'idea delittuosa, spesso colla coscienza d'essere pazzi e dopo tentativi di resistenza all'idea ossessiva, e quelli che vi sono trascinati da un'impulsione subitanea ed impreveduta.

Vi sono alienati che agiscono senza alcuna motivazione, e ve ne sono che lo fanno per motivi antisociali, come l'odio, la vendetta, ecc.

Vero è che fra questi grandi tipi di delinquenti non vi possono essere separazioni ben nette ed assolute, e vi sono per conseguenza dei tipi intermediari.

La delinquenza è il prodotto di cause esterne e di cause interne dell'organismo; le une e le altre possono agire ora come cause predisponenti, ora come determinanti il delitto.

Nelle cause esterne noi abbiamo le condizioni sociali, le influenze climatiche, dietetiche; nell'ordine delle cause sociali il proletariato occupa il primo posto, vengono in seguito l'assenza di educazione morale e sociale, i difetti di legislazione. Delle cause climatiche, la più importante è l'alta temperatura, e nelle dietetiche le bevande alcooliche.

Le cause interne sono innate ed acquisite. Queste ultime dipendono nella maggior parte dall'alcoolismo cronico, dalle lesioni del capo e da tutte le malattie che affliggono l'asse cerebrospinale. Sono rilevabili da lesioni biologiche permanenti. La patogenesi dei vizi congeniti è direttamente collegata alla eredità morbosa per alcoolismo, per alienazione, per epilessia, stati nevropatici in generale dei genitori. Questi difetti d'organizzazione ereditaria si manifestano nell'ordine psichico con dei caratteri di arresto di sviluppo e disordini nella intelligenza e nell'affettività, nell'ordine fisico con quel complesso di anomalie regressive, ataviche o morbose che si riassumono sotto il titolo di "caratteri degenerativi,,. La preponderanza delle cause esterne determina una delinquenza meno grave ed una correggibilità possibile, mentre quella delle cause interne dà luogo in generale ad una criminabilità più grave e non suscettibile di cura.

Ma il delinquente tipico, quello che a preferenza troveremo descritto nelle opere dei Precursori, è il delinquente nato, che per l'accumulo dei caratteri degenerativi viene a impressionare anche il profano, che scorge nella sua fisonomia qualche cosa di feroce, di inumano, di teratologico, e fa pensare che veramente esso sia un uomo d'altri tempi, un anacronismo in mezzo alla società attuale.

Allo studio di questo tipo Lombroso si rivolse con maggior cura ed attenzione, e potè in esso meglio dimostrare come nella conformazione esterna e nei caratteri fisici vi fosse un mezzo per riconoscere la costituzione psichica e le manifestazioni morali ed affettive. Questo solo ci limiteremo di riassumere dalla grande opera di Lombroso.

2. — Il complesso delle note degenerative che si rilevano all'esame antropologico dei delinquenti, e specialmente quelle del cranio e della faccia, contribuiscono a rendere la fisonomia criminale caratteristica per l'espressione che ne risulta di tendenze e di attitudini morali corrispondenti; così la Fisionomica, che pure ha costituito nel cinquecento una vera scuola, mancante però di basi scientifiche e di criteri sicuri, può dirsi che solamente coll'ingente contributo d'esame fatto dal Lombroso, sia entrata nel dominio della scienza. Inoltre, come vedremo nei fisionomisti, i dati scheletrici e l'anatomia patologica non soccorrevano gli osservatori di un tempo, i quali si basavano piuttosto su di un senso artistico intuitivo, nella valutazione delle loro impressioni, che su dati di fatto.

Esporrò i più importanti risultati dell'esame di ben 689 crani di delinquenti che servirono agli studi di Lombroso.

La capacità cranica è inferiore nei criminali, specie nei ladri, in confronto dei sani e dei pazzi.

Circonferenza: nelle quote minime i criminali sono pressapoco pari al normale; la di sotto dei 21 anni la circonferenza è per lo più inferiore alla media dei normali della stessa età, i crani piccoli sono più frequenti fra i criminali che fra i soldati, ma meno frequenti che nei pazzi.

Indice cefalico: Nei delinquenti si trova esagerata l'influenza regionale. P. es. brachicefalia in Piemonte, doligocefalia in Sicilia e Sardegna. In alcuni assassini si raggiunsero indici di 88, 90, 91. Questo fatto era stato intravveduto e usufruito dai frenologi, che avevan concluso che nel lobo temporale stesse l'organo della crudeltà.

Faccia: Nell'altezza si ha una media superiore all'uomo normale, la larghezza bizigomatica si è trovata maggiore nei delinquenti e specialmente nei grassatori e stupratori. La faccia è in generale più grande e specialmente per la superiorità nel peso, nella larghezza della mandibola e nella lunghezza delle sue branche, mentre il cranio è invece più piccolo che nei normali. Il che, ricordando come nella serie della scala evolutiva, dagli animali inferiori ai superiori e dagli antropoidi alle razze umane, sia un'espressione di maggior sviluppo psichico e di superiorità intellettuale, la prevalenza del cranio sulla faccia, ha un vero significato di ritorno atavico e di permanenza degli istinti feroci.

Anomalie: Le principali sono: le arcate sopracciliari, i seni frontali sporgenti, la fronte sfuggente, anomalie dentarie, la plagiocefalia, l'assimetria, le deformazioni craniche, l'assimetria ed obliquità facciali, la fronte piccola, la fossetta occipitale media, gli occhi obliqui, le ossa soprannumerarie del naso, le orecchie ad ansa, il tubercolo del Darwin, il prognatismo labiale ed inferiore.

In quanto al cervello il materiale di studio è più limitato, e se non si può finora affermare che esista nel cervello dei delinquenti un tipo speciale come nei normali, però in quello i ponti anastomotici fra una scissura e l'altra sono in genere meno frequenti che nei normali, e sono frequenti lo anomalie che hanno un significato o di arresto di sviluppo; importante la frequenza con la quale nei delinquenti e principalmente negli omicidi il girus cunei rimane del tutto superficiale; anomalia atavica che nei normali finora non fu mai constatata, sicchè si può sinteticamente concludere che nell'encefalo e nel cranio dei delinquenti si presentano con frequenza maggiori che nei normali i caratteri degenerativi ed abnormi.

L'esame sui vivi abbraccia un campo più esteso ed un materiale d'osservazione colossale. I risultati esposti dal Lombroso sono il frutto di più di 6000 osservazioni.

Si confermò l'importanza della statura, del peso, della forma delle mani, dei solchi palmari, il rapporto fra statura e apertura delle braccia, del mancinismo anatomico, dei capelli e della barba, segni che gli antichi già ebbero in grande considerazione per la loro significazione di indizio del temperamento morale.

Prevalenza nei criminali della capigliatura folta e nera, negli stupratori soltanto prevale il color biondo, raro invece il pelo rosso in opposizione alle credenze generali, barba scarsa o mancante, rara la canizie, rarissima la calvizie. Le rughe frequenti e di profondità maggiore che nei normali e precoci.

Un riassunto particolareggiato di questi dati ci può interessare, perchè vedremo come nei Fisionomisti italiani del cinquecento le rughe si sieno elevate a sistema colla Metoposopia e coll'Astrologia giudiziaria.

Rughe frontali: In alcuni criminali ancora giovani sono tanto profonde da dare alla fronte, nello stato di completo riposo mimico, un aspetto di permanente attenzione, ed in molti le rughe appaiono esiti di sfregio per ferite da taglio.

Rughe verticali: quelle che sarebbero proprio dei forti pensatori e nello stato di dolore e di ira si trovano in criminali giovanissimi ad espressione della grande loro precocità.

Zampa d'oca, rughe che partono dall'angolo esterno dell'occhio a raggi più o meno numerosi, sono fra le più frequenti e più precoci nei criminali.

Ruga nasolabiale prolungata, dà il carattere di senilità alla fisonomia, carattere che è frequente e precoce nei criminali.

Ruga nasolabiale. Raggiunge la massima frequenza nei delinquenti.

Ruga zigomatica, talora doppia o tripla, e si osserva nella parte centrale della guancia, in corrispondenza della regione zigomatica diretta dall'alto al basso con una breve concavità verso l'apertura boccale, è quella più caratteristica del delinquente.

La causa più importante di queste rughe è certo l'anatomica, ed è congenita; ma si deve tener conto anche del fattore funzionale, della mimica abituale del delinquente.

Si cercò pure sul vivo di controllare i dati portati dall'esame anatomico del cranio e, basandosi sulla capacità cranica probabile, si ebbe la conferma di una minore capacità cranica nei ladri, in confronto agli omicida. Per la circonferenza cranica si trovarono cifre più alte nei normali che non nei delinquenti, mentre la statura, il peso del corpo sono superiori.

Le anomalie rilevabili facilmente all'ispezione di un criminale, e che in questi sono molto frequenti, si possono ridurre allo sviluppo esagerato della mandibola, barba scarsa, seni frontali, sguardo bieco, capelli folti, orecchie ad ansa, zigomi sporgenti, strabismo, fronte sfuggente, prognatismo, asimetria facciale, fisonomia femminile nei maschi e viceversa, occhi stralunati, naso deforme, fronte bassa o stretta, labbra sottili. Si deve dare molta importanza al trovarsi nei criminali molte anomalie riunite insieme, poichè anomalie fisionomiche si possono trovare in tutti gli uomini; ma l'accumularsi di molti caratteri degenerativi in uno stesso individuo è una eccezione per i normali, la regola invece per la criminalità grave, fuorchè nei delinquenti di genio e nei truffatori.

La riunione di questi gruppi di caratteri determina per ogni specie di delitto un particolare tipo.

Così è che i ladri hanno mobilissima la mimica facciale, l'occhio piccolo, errante, mobile, obliquo spesso, folto e ravvicinato il sopracciglio, naso torto e camuso, scarsa barba, fronte quasi sempre piccola e sfuggente.

Comune cogli stupratori il padiglione dell'orecchio inserito ad ansa. Negli stupratori quasi sempre l'occhio scintillante, fisonomia delicata, fuori che nella mandibola, labbra e palpebre tumide, eleganza femminile nei capelli che sono intrecciati nei cinedi.

Gli omicidi hanno sguardo freddo, immobile, l'occhio sanguigno, naso sovente aquilino, adunco, sempre voluminoso, robuste mandibole, larghi zigomi, crespi e abbondanti i neri capelli, frequente e scarsa barba, denti canini sviluppatissimi, labbra sottili, nistagmo e tic unilaterali del volto, che dànno espressione di sogghigno e minaccia.

I truffatori e falsari hanno cute pallida, occhi piccoli, fissi a terra, naso torto, spesso lungo, peso elevato.

E i dettati dell'antropologia criminale sono tutt'altro che in contrasto coll'opinione pubblica. Se il volgo e le classi colte dirigenti, abborrenti per tradizione da ogni nuova dottrina, hanno per tanto tempo disprezzato di prendere in considerazione i risultati delle lunghe e faticose ricerche di Lombroso, si trovarono però in aperta contraddizione. Negavano valore ad una teorica suffragata da un'imponente documentazione, senza pensare che essa riassumeva quanto tutti istintivamente riconoscevano vero, ed applicavano nei rapporti della vita sociale quotidiana, tanto che gli stessi principi e le stesse conclusioni si riscontrano consacrati nella coscienza popolare, e manifestati nei proverbi, nei canti, nelle opere antiche, e istintivamente questa facoltà di riconoscere dai segni esteriori l'animo di una persona, trasmesso per eredità, senza che intervenga nessuna esperienza personale, come si sperimentò in certe donne e fanciulli. Il genio degli artisti poi ci ha dato una luminosa prova del tipo criminale fissando nelle opere i caratteri degenerativi a significazione espressiva della criminalità nell'uomo.

Ma con una particolarità dapprima trascurata Lombroso ebbe il mezzo di dimostrare eloquentemente come il tipo criminale sia in gran parte un ritorno all'epoca selvaggia e dell'uomo primitivo, e fu colla grande frequenza del tatuaggio rinvenuta nel mondo criminale.

Il tatuaggio è certo una delle usanze più diffuse e in onore presso l'uomo primitivo; costituiva per lui ornamento, vestiario, distintivo gerarchico. Attualmente è andato scomparendo e permane solo, come eccezione normale, nei contadini, operai, marinai e soldati. Nei criminali si riscontra invece con una frequenza straordinaria e nei minorenni nel 40%. È inoltre molteplice, complicato, diffuso sulle parti più delicate del corpo, ove l'evitano anche i selvaggi, a documento della grande insensibilità dei criminali.

Insensibilità che venne poi confermata da ulteriori ricerche e dimostrata nella varie espressioni generali: tattile, dolorifica, specifica.

3. – Ma quì entriamo nell'altro vasto campo coltivato dagli studi Lombrosiani, quello della biologia e psicologia del delinquente.

Questa è la parte veramente moderna e più feconda di utili applicazioni. Si potran trovare presso gli antichi accenni alle facoltà intellettuali ed alle passioni dei delinquenti, ma hanno scarso valore, per non essere suffragati dalla statistica e dall'esperimento.

Certo però che quanto l'intuito o il senso artistico dell'osservatore può aver raccolto, se convalidato dalla osservazione scientifica, e coincidente in uno stesso risultato, ci servirà a miglior dimostrazione della verità e dell'efficacia del metodo sperimentale.

Il mancinismo sensoriale e motorio dei criminali ricorda l'ambidestrismo dei selvaggi, dei bambini, degli idioti. L'innervazione vasomotrice subisce pure anomalie; tarda in moltissimi casi a quelle eccitazioni che nel normale producono più facilmente reazione vasale, col rossore o coll'impallidimento nel dolore, nella vergogna, nel rimorso, emozioni affettive, si può far vivacissima se stimolata dalla vanità, dall'odio, dalla vendetta. La minore sensibilità e la disattenzione, per tutto ciò che non ecciti specificamente i loro istinti criminali, dànno ai delinquenti il vantaggio della longevità, di un maggior peso del corpo e corrispondentemente una insensibilità morale che li rende muti, impietriti davanti alle sofferenze, ai dolori degli altri. E la maggior frequenza del suicidio, in essi, è pure il prodotto di questa insensibilità e della mancanza dell'istinto di conservazione, e di una certa impazienza dopo la condanna, per cui trovano men dura la morte che veder insoddisfatte le loro passioni.

L'antagonismo fra suicidio ed omicidio invero parrebbe contraddire a quanto si è detto, ma se si pensi che grazie al suicidio aumentato nei rei di sangue, scemeranno gli omicidi, e che spesso l'omicida si trova nel dilemma di uccidere o di uccidersi, si comprenderà questo rapporto. Le passioni più comuni sono nel mondo della delinquenza la vanità, la vendetta, l'odio, il vino, il giuoco, la donna, che fanno del criminale un essere vendicativo, crudele, instabile, violento, sensuale. In loro non vi ha possibilità di previdenza. Manca quella visione esatta delle conseguenze del delitto che può trattenere dall'azione. Essi veggono solo il presente, sentono il solo impulso della passione impetuosa e violenta, e s'avvicinano ai pazzi e al selvaggio, di cui anzi non sono che una sovrapposizione e un impasto. Il delinquente nato commette un crimine senza comprenderne l'anormalità dell'azione; privo come è della conoscenza di ciò che sia giusto o no, non ha amore, amicizia, sentimento di patria, di pietà. I delinquenti stimano il furto e l'assassinio non solo azioni lecite, ma come loro buon diritto e meritevoli di encomio. Il rubare non è che togliere ai ricchi quello che hanno di troppo, un ingegnarsi; l'uccidere il farsi giustizia, poichè quella sociale o divina viene troppo tarda od è dubbia, e in questa assenza di criteri veramente di discernimento, si comprende come si abbia ad identificare il folle morale col delinquente.

Questa mancanza congenita di senso morale che li rende incoreggibili anche usciti dal carcere, è dimostrata dalla enorme cifra di recidivi.

Nulla o ben poco possono le leggi e i sistemi carcerari a diminuire la recidività del delitto che è legata alla costituzione psichica del delinquente. Provvedete a che non possa più nuocere, non sperate già di riformare ciò che vi è di organico ed istintivo.

Nè la religione può essere freno ai delitti; la maggior parte dei criminali non è atea, ma non potrebbe aver presa in loro una religione elevata. Essi se ne sono fatta una speciale, superstiziosa, ispirata ad un falso concetto della divinità che è per loro una specie di benevolo tutore dei crimini.

È noto come celebri briganti credessero propiziarsi i santi con pratiche religiose nel compimento del delitto. Ma non tanto però s'allontanavano in questo dai sentimenti della generalità del volgo, se essi non comprendendo in astratto il bene ed il male, imperniano questo solo in ciò che giovi o nuoccia a loro stessi.

Quantunque le lesioni più profonde nei delinquenti siano nell'ordine sentimentale, anche l'intelligenza presenta molte anomalie.

Lombroso crede che vi sia una media inferiore al normale della potenza intellettuale, ma ottenuta da due gradi diversi di eccesso o di difetto mentale. I più non hanno energia sufficiente ad un lavoro continuato ed assiduo. Gli zingari, per quanto industriosi, non amano lavorare se non quanto basti per non morire di fame; la poltroneria è uno dei caratteri delle prostitute, rappresentanti della donna delinquente. E comunissima in loro la leggerezza di mente ed una mobilità di spirito tale da non poter fissar l'attenzione, e che li rende di una credulità singolare.

Anche ai falsari e ai truffatori, cui occorre una abilità straordinaria ed un'intelligenza non comune, e una finezza d'accorgimento per condurre a termine i loro piani, spesso manca d'un tratto ogni potere di riflessione e cadono in atti che li danneggiano e illuminano la giustizia nei loro delitti.

Lo scherzo, l'umorismo che si rivela nel gergo, nei soprannomi, nei calembourgs che essi usano abbondantemente e che sono fenomeni di disgregazione associativa, se sono prova del loro cinismo, lo sono pure anche di una inferiorità intellettuale. Bugie, inesattezze, contraddizioni li fanno parere, quali sono, arrestati nello sviluppo cerebrale.

L'imprevidenza li equipara a dei veri imbecilli; anche grandi delinquenti, abilissimi nel preparare delitti, finiscono col tradirsi scioccamente.

Qualche carattere elevato e geniale non è escluso che possano avere; sono lampi fugaci, è un contrasto fra i due eccessi di cui l'uomo medio normale non è capace. Abbracciano le idee nuove, criticando con acume i difetti dei governi e delle istituzioni, e se raramente davvero geniali, lo sono col crear nuove forme di delitti, ad evadere con una astuzia meravigliosa dalle case di pena, a inventare nuovi mezzi di offesa. L'istruzione superiore dà in genere scarsissimo contributo alla delinquenza, però in alcuni delitti tiene il predominio. Nei letterati ed artisti meno frenati dalle deduzioni logiche e dai criteri del vero, vi è maggior delinquenza che negli scienziati.

Si studiarono pure altre tendenze ataviche ed anormali nei geroglifici, nella scrittura, nei gesti, nelle manifestazioni letterarie, artistiche, industriali dei delinquenti.

Avremmo così per sommi capi riassunto quanto di più caratteristico concorre alla formazione del tipo psico-antropologico del delinquente nato. Di quel delinquente nato che ha suscitato tante ripugnanze e tanti timori, perchè si ritenne che la Nuova Scuola penale si fosse messa sulla via di consacrare irresponsabile ed impunibile il delinquente, mettendo così in libertà i birbanti, e abolendo la libertà umana. Preconcetto che ha creato una leggenda infondata, poichè la Nuova Scuola tende anzi a rendere più continuata la sequestrazione, che ora in omaggio a dei computi da tavola pitagorica si interrompe, col criterio del solo esame del delitto come astrazione giuridica, senza tener calcolo della temibilità del delinquente e dell'interesse della efficace difesa sociale.

4. — Ma noi dobbiamo completare lo schizzo dell'opera Lombrosiana col parlare dell'identità, proclamata dal fondatore dell'Antropologia criminale, del delinquente nato col pazzo morale e coll'epilettico.

Lombroso intravvide questa identità progressivamente; in principio de' suoi studi mise in evidenza anzi più le differenze che le analogie fra le due categorie di delinquenti nati e di pazzi morali; ma la successiva distinzione del delinquente d'occasione e per passione, i casi numerosi in cui si trovava impossibile scoprire le linee differenziali fra pazzia e reato, lo studio dei nuovi caratteri forniti dai più recenti autori sulla pazzia morale, e quelli che si andavano scoprendo nel delinquente nato, come l'anestesia, l'analgesia, le anomalie nei riflessi, il mancinismo coll'atipia del cranio e del cervello, mutarono poi le sue convinzioni. La statistica dimostra la rarità dei pazzi morali nei manicomi e la loro grande frequenza nelle prigioni.

La riunione dei vari caratteri degenerativi, indizi di un perturbamento e di un arresto di nutrizione o di sviluppo, l'analgesia, la mancanza in entrambe le categorie del senso morale, l'aver in comune l'odio, l'invidia, la vendetta, il bisogna di nuocere, il superarsi a gara nella crudeltà, nella vanità, nell'astuzia, nella pigrizia, ecc., diedero campo a tracciare le linee comuni alle due forme, di cui quella della pazzia morale si differenzia soltanto per essere un'esagerazione dell'altra. Per questa fusione si mise fine ad un lungo e complesso dissidio che si agitò per lungo tempo fra moralisti, giuristi e psichiatri, che volta a volta si rifiutavano di considerar criminale o pazzo morale un individuo che aveva invoce i caratteri di entrambi.

Ma Lombroso si spinse con un geniale acume sintetico ad un'altra identificazione; avendo trovato fra pazzo morale ed epilettico un parallelismo completo nel cranio, nella fisonomia; una proporzione uguale nelle anomalie degenerative, nell'ottusità sensoria, nel mancinismo, ecc.; ma sopratutto nello studio psicologico: per l'egoismo, l'irritabilità morbosa, l'odio senza causa, l'assenza completa e l'anestesia del senso morale, pella religiosità paurosa, selvaggia, quasi feticcia, pell'intelligenza che varia nelle espressioni di uno stesso individuo dall'imbecillità più completa fino ai lampi del genio; ed avendo gli studi accurati numerosi degli ultimi tempi identificata una forma di epilessia larvata con esclusione della convulsione classica, sostituita dalle vertigini, dal delirio, dalle impulsioni, dalle equivalenze psichiche di furore, di crudeltà; da tutto un insieme di cause genetiche comuni ai delinquenti, ai pazzi morali, agli epilettici, venne ad unificare sotto la grande classe degli epilettoidi i tre gruppi di reo epilettico, pazzo morale e delinquente nato.

Di un'altra categoria s'occupò la scuola Lombrosiana ed è quella dei pazzi delinquenti, cioè di quei pazzi che commettono qualcuno di quegli atti che, se commessi dai sani, si chiamano delitti. E si badi che, contrariamente alle idee della generalità del pubblico, Lombroso non ha mai voluto identificare pazzia colla delinquenza.

Vi sono atti antisociali, delitti atrocissimi commessi da una disgraziata falange di persone affette da forme comuni di infermità mentale più o meno facilmente diagnosticabili come idioti, paranoici, maniaci, melanconici, paralitici, ecc. Inoltre rientrano nella categoria dei pazzi delinquenti quelli che Lombroso distinse col nome di mattoidi. Sebbene un legame potente riunisca la pazzia al delitto e talora si confonda, tuttavia il delinquente pazzo si differenzia dalle altre categorie, direi in modo saliente, e Lombroso ci dà un'ampia descrizione dei caratteri specifici che distinguono dalle altre categorie di delinquenti il pazzo. Per questo, cui anche i classici e i codici attuali ammettono l'irresponsabilità, la Nuova Scuola vorrebbe, togliendolo al pericolo di nuovamente offendere, la segregazione indeterminata nel Manicomio criminale.

Così è che nei riguardi dell'applicazione dei provvedimenti atti a salvaguardare la società dai danni che le cagiona la delinquenza, l'Antropologia Criminale riesce ben più severa ed efficace nella repressione del delitto, ed ammette ineluttabile e sovrano il principio di diritto: che la Società debba provvedere energicamente alla propria sicurezza.

E Lombroso ha consacrato il 3° volume dell'Uomo delinquente, oltre che all'eziologia del delitto, alla profilassi ed alla terapia di esso; e togliendo l'antica odiosità alla pena e proclamando invece la necessità della difesa che parta dalla temibilità del delinquente, sviluppò tutto un vasto progetto di provvedimenti sociali che tendono a questi due grandi scopi: Mettere il delinquente nella impossibilità materiale di offendere, previo lo studio clinico di esso, che ne determini la categoria psico-antropologica, e quindi il pronostico di temibilità; e prevenire il delitto, occupandosi a modificare le cause che lo producono coi sostitutivi penali.

Nell'esame delle opere che intraprendiamo troveremo adombrati molti degli elementi, che condussero a queste conclusioni la Nuova Scuola, e che sembrano, pur troppo, ancor oggi agli avversari così moderne, originali e rivoluzionarie.

CAPITOLO II.

I precursori nel Mondo Antico e nel Medio Evo

1. Medici e filosofi dell'antichità. - Platone ed Aristotele. — 2. Il Cristianesimo. - L'Ascetismo. - Il Rinascimento. — 3. La corrispondenza fra il fisico ed il morale — 4. L'Astrologia giudiziaria e le Scienze divinatrici. — 5. Chiromanzia e Metoposcopia. — 6. Gli studi fisionomici puri.

1. Se noi vogliamo spingere le nostre ricerche nell'antichità per affermare una nobile tradizione alla Teorica Lombrosiana, che ha profonde radici nella coscienza popolare, dovremo dare di necessità uno sguardo alla Storia della filosofia e vedere come gli antichi concepissero i rapporti fra l'organismo e il pensiero. Poichè occorre stabilire, come fondamento di tutto l'edificio della Nuova Scuola, la corrispondenza fra il fisico ed il morale, sì che ogni affermazione, che troveremo, dell'influenza che le condizioni esterne e i caratteri organici dell'uomo hanno come modificatori dell'umana volontà, si comprenda essere un passo in avanti pell'evoluzione del pensiero verso quella verità che dall'Antropologia Criminale vennero dimostrate.

I Medici, anche nell'antichità, si trovarono obbligati a correggere gli errori dei Filosofi sulle relazioni che passano fra vita e pensiero, intendendo per questo, oltre alle facoltà propriamente intellettuali, la volontà, in quanto determina le azioni. È però meraviglioso come molti di questi antichi filosofi abbiano sviluppato e costrutte ipotesi che resistono alla critica moderna, e fanno parte dei principi fondamentali della Scienza.

In Anassimandro, in Eraclito, in Empedocle si parla dell'origine e dello sviluppo del mondo organico, di lotta per la vita, di selezione naturale.

Empedocle, materializzando le unità di Pitagora nelle molecole, riducendo tutta la materia a quattro elementi, intuendo le forze di attrazione e di repulsione sotto le parole di amore e amicizia, e di odio ed inimicizia, ritenendo che alla materia nelle continue incessanti trasformazioni nulla si aggiunga, e nulla si distrugga di essa, stabilendo le grandi analogie fra vegetali ed animali, paragonando i germi e le frutta dei primi alle uova ed alle gravidanze dei secondi, precorreva di due mila anni la Teoria Darwiniana. Certo che negli antichi non è possibile trovare prima di Aristotele una sistematica osservazione dei fenomeni vitali; ma interrogando i grandi pensatori e poeti, entro i meandri di un linguaggio fantastico e sentimentale, si trovano verità sostanziali, immutabili, eterne.

I Pitagorici avevano concepita l'anima distinta dal corpo, nel quale si trova temporaneamente rinchiusa in espiazione di un antico decadimento; espiazione che si compie attraverso la metempsicosi, donde scaturiva una morale teologica affine ai sistemi mistici dell'Oriente. Empedocle ammetteva che ciascun uomo fosse accompagnato da due geni di opposta natura, buono e malvagio; concetto ripreso nel demone di Socrate. Democrito dà invece una spiegazione meccanica dell'universo e di tutti i suoi problemi: la realtà sola e vera è la materia, il piacere è criterio del bene, il dolore del male; occorre governarsi in modo che quello riesca maggiore di questo; nega il concetto pessimistico della vita, emancipa la morale dalla ragione; è un grande precursore del pensiero scientifico moderno e il suo atomismo è ancor oggi la base su cui si fondano le scienze fisiche, come l'accordo fra la sua dottrina cosmologica e il sistema morale conduce all'intuizione dell'unità infinita di tutte le manifestazioni dell'essere; nulla si può distruggere ma soltanto trasformarsi.

Vero è che questo concetto può dirsi che già fosse compreso nella dottrina Pitagorica della metempsicosi, poichè l'anima immateriale era costretta a ben diverse manifestazioni nella transmigrazione dall'uomo ai bruti e ai vegetali. E non è forse questo equivalente a dichiarare che l'anima sia dipendente dalla vita e la vita dal corpo? E non vi è qui tutta riassunta la dottrina dei rapporti del fisico col morale?

Socrate, il vero creatore del metodo scientifico, poichè il suo spirito lo conduce a trasformare la critica ed elevare il dubbio a fattore positivo e fecondo, istituì il metodo induttivo, sorgendo dal confronto, dall'osservazione dei casi particolari alla determinazione del concetto generale. L'osservare i fenomeni e raccoglierne con cura una grande quantità; confrontarli con perspicacia e ricavarne il concetto, le spiegazioni, la legge, è il metodo che dopo lui usarono Aristotele, Epicuro, gli scienziati arabi, i filosofi ricercatori del rinascimento, Bacone, Galileo, Newton e il positivismo moderno. Socrate applicò questo metodo soltanto nella morale, in cui egli confessa di essere non già un sapiente ma un ricercatore. È il naturalista della morale.

Platone, poichè Socrate vantavasi di trar fuori dalle menti i concetti precisi delle cose, dedusse che questi preesistessero e si annidassero nell'intelletto per ogni ordine di ricerche, per ogni ramo di scienza; mentre Socrate si era arrestato all'investigazione dei soli fatti morali. Col mondo delle idee, il caposaldo della filosofia platonica, si creò la metafisica, e Platone lega per tanti secoli al pensiero una triste eredità di errori col dualismo cosmologico ed umano. Tutta la storia della filosofia non è in ultima analisi che un grande duello fra l'indagine modesta di osservazione e le grandi astrazioni speculative.

Aristotele è il primo che espone la Scienza nella forma del trattato. Egli considerò positivamente la storia dell'anima come una parte della storia naturale, e perciò di pertinenza dei fisici. La sensibilità, l'intelligenza non sono che facoltà latenti ed inerti che attendono un eccitamento esteriore; senza sensibilità non vi è immaginazione, senza immaginazione non vi è intelligenza. L'anima per Aristotele non è una sostanza a sè, unita al corpo e da esso divisibile, ma la funzione di un organo speciale, bene sviluppato, e che non si effettua che per i dati del senso.

Socrate identificò la virtù coll'intelletto. Platone li divise, ma tanto che l'una non si comprendeva più come agisse sull'altro. Aristotele invece, ponendo che la cognizione intellettuale non sia disgiunta dalla volontà, giudicò si converta gradatamente in volontà buona mediante la ripetizione degli atti coll'abitudine. Egli diede la spiegazione di una quantità di fenomeni vitali e psicologici: che se accanto a ricerche acutissime si trovano osservazioni completamente erronee, diede però una ragione chiara del problema psicologico e della sua importanza per la medicina pratica, fornendo una larga base empirica alla Scienza.

Epicuro poi, che fa procedere la scienza dalla sensazione, ha il concetto dell'universo più vasto e scientifico che abbia creato il pensiero antico. Cerca la spiegazione positiva in ogni minuto particolare. Ammette che gli organismi non si sieno formati perfetti da principio, ma sieno andati man mano perfezionandosi. L'uomo apparso dopo gli altri animali, dapprima selvaggio nei boschi e nelle caverne, senza famiglia, senza società, senza giustizia, non conosceva che il diritto della forza. E Lucrezio, vestendo di forma poetica la filosofia epicurea, le innestò dal mondo latino quel senso di realtà, di praticità, che nella sfera del diritto fece tanto grande e duraturo il pensiero romano.

2. — Ma quando pel vasto cosmopolitismo dell'impero la società greco-romana precipitava a rovina e la Scienza che già veniva arrestata dallo scetticismo, proclamante la verità inafferrabile, venne oppressa dalle fantastiche dottrine dell'Oriente, che sgomentarono il razionalista esaurito sotto il peso di una civiltà, esausta dai vizi e dalla propria grandezza, si ebbe un periodo di arresto, che impose il silenzio alla ragione. Si andarono perdendo le tradizioni Ippocratiche, dell'anima umana si fece una sostanza infusa nei corpi allora che nascono, necessario sprezzare il presente pel futuro, il visibile per l'invisibile; all'uomo già infelice per le tribolazioni della vita, si prepararono i terrori delle pene di oltretomba; come mezzi di purificazione e di propiziazione i digiuni, gli strazi, la povertà, la castità, l'isolamento. Inutile ricercare, sotto il dominio

del dogma del peccato originale e della grazia, i tentativi di corrispondenza fra il fisico ed il morale, ed una filosofia della natura.

Però i sistemi e le astruserie metafisiche non possono completamente cancellare i fenomeni che quotidianamente si osservano. Quando S. Agostino ci risponde che Dio ha predestinato alcuni uomini alla salute, altri alla perdizione, e che questo è anzi immensa misericordia perchè tutti gli uomini sarebbero pel peccato originale dannati, non è forse un riconoscere la fatalità della natura umana a compiere il bene ed il male in rapporto a determinanti, indipendenti dalla volontà di ciascuno?

Come già in Omero il concetto del fato, come forza ineluttabile contro cui sono impotenti e gli uomini e gli dei, è un'intuizione che sostituisce le leggi e le necessità naturali alla volontà arbitraria e volubile.

In mezzo alla decadenza medioevale tacque ogni eco della scienza positiva antica; ma passato il mille, con i terrori superstiziosi di un cataclisma universale, la Scolastica rimise in onore Aristotele, facendone un'autorità indiscutibile, eterna. Ma la fede negava possibilità di esperienza e immobilizzava il pensiero.

In tutto il Medioevo la medicina e la filosofia non fecero un passo avanti. Gli arabi rinnovarono il sistema di Galeno e le scuole di medicina non riuscirono ad altro che ad introdurre nella scienza antica le idee teosofiche, scolastiche e mistiche; subordinando la scienza alla teologia, fecero della dialettica e della sillogistica.

Dante solo colla potenza dell'arte squarciò le tradizioni della scolastica, portando nelle questioni delle scienze e della politica il vero senso della natura e la diretta osservazione.

Ma quando da Bisanzio si riversarono sull'Europa i tesori dell'arte e della sapienza antica, e i commerci, e le ardite imprese marinare, e gli ordinamenti democratici fecero sorgere una nuova classe operosa e indagatrice, e i sistemi costrutti sui dogmi rovinarono dinnanzi al cielo di Copernico, e il pensiero si dilatava negli spazi infiniti, e la stampa accelerava e diffondeva la coltura, secolarizzando il sapere, e le scoperte geografiche allargavano la terra; si andò distruggendo la coscienza antropocentrica, e nella natura si comprese dovessero essere le ragioni dei fenomeni e non nel concetto teologico, e il monismo fu opposto al dualismo, e la libera ricerca al dogmatismo, e il dubbio non fu più colpa, e col metodo induttivo, provando e riprovando, si ritentarono tutti i grandi misteri.

Siamo in pieno Rinascimento; alle oziose e sterili speculazioni si oppone la feconda evidenza dei fatti. Bacone e Cartesio tracciano il programma della scienza moderna.

Bisogna cercare non ciò che hanno pensato gli altri, bensì ciò che sospettiamo noi medesimi, e ciò che possiamo vedere con chiarezza ed evidenza. "Lo spirito, disse Cartesio, dipende tanto dal temperamento e dalla disposizione degli organi del corpo, che se è possibile di trovare un mezzo di render l'uomo più saggio ed abile che non sia stato fin qui, io credo che si dovrebbe cercarlo nella medicina".

E il Cartesio influì poderosamente su tutti i filosofi successivi che attraverso il ragionalesimo di Malebranche e il teismo di Bossuet, condussero a Spinoza e Leibnitz. Qui troviamo svolta la base filosofica giuridica della teoria Lombrosiana. Spinoza dimostra che in natura tutto è determinato da una rigorosa necessità attraverso un'infinita serie di cause ed effetti; che volontà ed intelligenza sono una stessa cosa, che la libertà è un'illusione che nasce dal fatto che noi ignoriamo spesso le cause delle nostre azioni, e che come non son liberi i moti del corpo, così non lo sono quelli dell'anima. Il presente è figlio del passato. La vita umana, sia fisica che morale, è ininterruttibile.

Pascal, colla Morale dell'Egoismo, metteva in evidenza quante spinte al male ciascuno porta con sè dalla culla, ed Helvetius, quantunque falsato dal concetto che tutti gli uomini avessero da natura la stessa costituzione fisica, ed esagerasse la influenza dell'ambiente e dell'educazione, afferma la legge dell'egoismo-altruismo, che condurrà all'utilitarismo di Stuart-Mill. E allorchè i pensatori, volgarizzando e diffondendo la coltura, accenderanno nei popoli la fiamma che dovrà divampare nella grande Rivoluzione e inaugurare una nuova êra, troveremo le critiche contro i sistemi penali, e indicata la salvezza sociale non già nel reprimere, ma nel prevenire colla legislazione, che si adatti alle modificazioni dell'ambiente; e come sia assurdo stabilire a priori che quella sia eterna ed immutabile. E qui la filosofia cede il campo alla Scienza positiva. Augusto Comte fonda la Sociologia. La Morale diventa una parte del vasto sistema di scienza e con Spencer e Darwin, sulla base granitica della più onesta osservazione scientifica, si elevano le ipotesi dell'evoluzione e si enunciano le leggi, che spiegheranno le nuove conquiste dell'Antropologia e del Diritto penale moderno.

Non è nostro còmpito di analizzare l'influenza esercitata sull'evoluzione del diritto penale dalle scuole filosofiche. A noi basta di documentare come l'Opera di Lombroso abbia avuto in tutti i tempi dei Precursori, che ci attestano che i principi su cui essa posa sono il prodotto di una evoluzione del sapere universale.

3. — Una delle tesi sostenuta dalla Scuola Positiva, anzi la pietra angolare del mirabile edificio Lombrosiano, è quella dell'esistenza di un Tipo criminale; vale a dire che in un delinquente, e specialmente in un delinquente nato, in cui il delitto è per la massima parte dovuto ai fattori individuali, la natura ha segnato con speciali stimmate l'indole del carattere, sì che la criminalità si debba considerare come una forma specifica di anomalia biologica, senza la quale nè l'ambiente fisico nè quello sociale non sono sufficienti a determinarla. Ond'è che nei delinquenti nati si possono riscontrare molti caratteri di degenerazione per cui assumono una fisionomia particolare, che li rende vicini all'uomo selvaggio e primitivo, di cui essi portano nell'attualità con una vera eterocronia, gli impulsi feroci e brutali. Questo concetto si riannoda a quello più generale che l'esteriore del corpo corrisponde alle qualità proprie dell'animo, e che alle imperfezioni fisiche siano congiunte le più riprovevoli qualità morali. Ond'è che la Fisionomia che dalla struttura del corpo e dai lineamenti e dall'espressione del volto cerca di conoscere la natura degli uomini, deve essere considerata, come è, la vera precorritrice della antropologia criminale. Dai primi documenti della civiltà storica ci vennero tramandate osservazioni fisiognomiche.

Il Frassati, che nei primi due capitoli della "Nuova Scuola di diritto penale in Italia ed all'estero,,, tratta dei fattori e dei precursori di essa, nota che le prime tradizioni si hanno in Omero (Iliade, lib. III), il quale dà a Tersite il capo aguzzo, lo sguardo losco, ed il corpo gibboso. Nestore dalla somiglianza di Telemaco col padre, arguisce le qualità del suo animo. I Pitagorici non ammettevano alla loro scuola discepoli non mostrassero nell'espressione e nella fisionomia di amare la scienza. Socrate, come si legge in Plutarco, coltivò la fisionomica, e Massimo Ciro narra di lui come non amasse Tersete, perchè era di naso schiacciato e brutto, e disprezzasse Clerosonte perchè pallido e truce, giudicandoli maligni, invidiosi ed omicidi. Platone tratta della somiglianza degli uomini con alcuni animali. Erodoto si mostra certo fisionomista quando leggendo, in occasione dei giuochi Olimipici, alcuni brani della sua storia, si avvide che Tucidide aveva impallidito alla sua lettura; e pronosticò al padre di lui che il figlio lo avrebbe emulato come storico.

Ma il fondatore della fisionomia fu Aristotele che ne scrisse un trattato. Egli distingue tre metodi per giudicare gli uomini dal carattere del volto. Quello di Platone che si fonda sulla rassomiglianza cogli animali; quello seguito da Trogo che poneva ogni cura nel confrontare ciascun uomo coi popoli aventi costumi speciali, in rapporto per lo più col clima del paese; e quello di giudicare della fisionomia dall'impronta speciale che vi imprimono le passioni. Egli attribuisce maggior importanza a quest'ultimo criterio. Credeva all'influenza ereditaria per la trasmissione delle tendenze morbose, e insegnò ad Alessandro di tener calcolo di questa dottrina avvertendolo che avesse a scegliere i suoi ministri secondo i dati dell'ispezione del volto.

Polemone, Adamantino, Melampode, svilupparono la fisionomia Aristotelica; e li troveremo ispiratori, insieme allo Stagirita, dei Fisionomisti del Cinquecento.

Non occorre citare qui i brani caratteristici delle loro opere, che avremo occasione di ritrovare riportati negli autori italiani che esamineremo.

Galeno (Frassati, op. cit.), abbracciò le idee di Aristotele.

Riconosce l'influenza dell'abuso degli alcoolici nella produzione del delitto, e dice che la società ha il diritto di punire i delinquenti, ad onta della loro origine naturale, come si uccidono gli animali velenosi, sebbene siano creati tali da natura. E precorrendo le idee della Nuova Scuola, adduce tre motivi per giustificare l'eliminazione dei malfattori dalla Società, cioè: 1° affinchè non arrechino male mentre sono in vita; 2° perchè l'esempio del loro supplizio distolga i loro simili dal delitto; 3° per la ragione stessa che è un vantaggio per essi il lasciare la vita dal momento che non possono emendarsi e non sono capaci di essere dirozzati dalle Muse.

Cicerone in De Legibus ha questo brano che ci indica come desse alla corrispondenza fra fisico e morale.

"Figuram corporis habilem et aptam ingenio humano dedit natura: nam cum coeteros animantes abjecisset ad pastum, solum hominem erexit, ad coelique quasi cognitionem domiciliique pristini conspectum excitavit. Tum speciem ita formavit oris, ut in ea penitus reconditos mores effingeret; nam et oculi nimis arguti, quemadmodum animo effecti simus, loquuntur: et is qui appellatur vultus, qui nullus in animante esse praeter hominem potest, iudicat mores: cujus vim Graeci norunt, nomen omnino non habent,,.

Tacito e Svetonio pongono nella descrizione dei personaggi tratti spiccatamente fisionomici. SENECA nell'epistola IIª scrisse: "Alcune volte per molte piccole cose si conoscono i costumi dell'uomo. L'uomo lussurioso può essere conosciuto nell'andare, nel portamento, nel muover delle mani, nel suo sguardo. Il pazzo si conosce dall'abito, e lo sciocco al ridere, perocchè questi difetti si conoscono per segni manifesti,,.

Numerosi Padri della Chiesa fecero tesoro dei dati fisionomici. Sant'Ambrogio (degli Uffici): "L'abito della mente si conosce nell'atto del corpo, pel quale vien espresso il cuore degli uomini,,. E S. Gerolamo: "Specchio della mente è la faccia; e gli occhi, ancorchè taccian, confessano i segreti del cuore,,.

E nell'Ecclesiaste è detto: "ex visu cognoscitur vir et ab occursu faciei cognoscitur sensatus; amictus corporis et dentium risus et incessus hominis enunciant de illo,,.

In Cassiodoro: "A solleciti cercatori sovente si notifica quello che colla lingua si tace. Il superbo si diletta dello svariato andare, l'iroso si conosce dall'acceso sguardo, il fraudolento dal mirar sempre a terra, il leggero pel continuo tramutare degli occhi,,.

S. Tommaso nella Summa Theologica 1ª e 2ª Quaestio, XVIII, art. 7, in corpore: "Appetitus sensitivus in hoc differt ab appetitu intellectivo, qui dicitur voluptas, quod appetitus sensitivus est organi corporalis... omnis autem actus virtutis utentis organo corporali dependat non solum ex potentia animae, sed etiam ex corporalis organi dispositione, licuit visus ex potentia visive et ex qualitate oculi... unde et actis appetitus positivi non solum dependant ex vi appetitiva, sed etiam ex dispositione corporis..... Qualitas autem et dispositio corporis non subjacet imperio rationis, ex ides ex hoc parte impeditur quin motus sensitivi appetitus totaliter subdatur imperio rationis,,.

E potrei continuare le citazioni all'infinito. Ma prima di giungere a parlare della grande Scuola dei Fisionomisti del 500, occorre conoscere come questa sia stata preceduta dalla Astrologia Giudiziaria medioevale.

4. – In uno studio dotto ed accurato su Gianbattista Della Porta dell'Avv. Quirino Bianchi (Anomalo, anno VI, 1894-95), si parla estesamente degli scrittori di Fisionomica e che precedettero il grande napoletano, e vi sono tratteggiate magistralmente le condizioni per cui nel medioevo si svolse, sui ricordi della fisionomica Aristotelica, l'Astrologia Giudiziaria. È un materiale tanto prezioso e così bene ordinato, ed è la monografia sull'argomento, che io mi sappia, più completa da

ritenerla meritevole di essere, più che accennata, riassunta, in quella parte almeno in cui si esamina lo sviluppo degli studi fisionomici nel medioevo.

L'astrologia, dice il Bianchi, venne introdotta in Roma al tempo delle conquiste nell'oriente per opera di Greci e Caldei e con varia fortuna or protetta ed or condannata dagli Imperatori.

Roma era del resto un terreno adatto, poichè la divinazione vi era consacrata dalla religione e dagli usi, cogli oracoli, cogli auguri, con la superstizione sotto cento forme svariate, accettata dalla totalità del popolo, dal filosofo allo schiavo. Il medioevo non potè che accrescere fede alle pratiche divinatorie e troviamo infatti l'astrologo essere consigliere e talora padrone del tiranno. E malgrado le opposizioni dei teologi e dei Pontefici, che loro lanciavano scomuniche, gli astrologi, s'introdussero nell'insegnamento ufficiale nelle Università, e vennero protetti e beneficati dai Signori e dai Principi.

Il Bianchi così riassume l'evoluzione dell'Astrologia: "L'uomo, dicono gli astrologi, è centro e scopo della creazione onde a lui si riferisce ogni cosa creata; e se, come è certo, il sole e le altre stelle influiscono sulle stagioni, sulla vegetazione, sugli animali, quanto più non devono influire sull'uomo prediletto fra le creature?

Le storie, dicono gli astrologi, ed il consenso dei filosofi antichi, si accordano nel riconoscere una analogia fra gli anni della vita ed i gradi percorsi da ciascun segno sull'eclittica. Per iscoprirla vuolsi accertare l'effetto degli astri sopra le varie cose naturali, ed i composti dei moti, e certe formule arcane mediante le quali conoscere le forze della natura o determinare l'influsso dei pianeti massimi all'istante natalizio, od evocare gli spiriti dei morti. Così la scienza bambina di quei tempi, rianimando l'astrologia che sin dal suo primo nascere nella Caldea, nella Persia, aveva quella impronta caratteristica, stabilisce un rapporto di causalità tra l'umano ed il divino, tra il cielo e la terra.

Questo principio man mano si purifica e viene riportato alle sue pure sorgenti naturali, e resta solo il vero concetto naturalistico e fisico, spogliato dal mistico e dal soprannaturale, che gli astri esercitano una influenza sul pensiero,,.

Celebri astrologi furono Teodoro, consigliere di Federico II, Riprandino da Verona, Guido Bonatti, Salione Padovano, Paolo Dagomari, Michele Scotto, Pietro de Abbano, Tommaso Pizzamiglio da Venezia, e Nicolò da Paganico, i due ultimi astrologi di Carlo

V. Il De Abbano si occupò di Fisionomica nel Liber compilationis physionomiae, edito a Padova nel 1474, riprende la fisionomia di Aristotele e vi aggiunge osservazioni personali, ed entra poi a trattare estesamente dell'influenza dei 12 segni dello zodiaco. Il canone principale dell'insegnamento astrologico è che gli astri esercitano un'influenza sui destini dell'uomo, rendendolo buono o cattivo, bello o brutto a seconda che egli è nato sotto l'influenza di un astro benefico o malefico. Così l'uomo che nasce in gennaio, p. es.: "sarà molto amato dalla gente, sarà bizzarro e non sarà facile a credere il male, prima che venga a morire patirà disagi e fame, riceverà colpo di ferro, nell'acqua patirà paura,,, e quello nato in novembre, p. es.: "inclina ad esser molto esperto, iroso e superbo, sarà studioso, amerà grandemente i virtuosi, sarà invidiato, ecc., ecc., e ne predice la morte in età d'anni 75,,.

E si applicarono i segni delle stelle alle rughe della faccia, traendo a seconda del potere benefico o malefico prestabilito in astrologia, argomenti di deduzioni sul carattere della persona e sulle vicende liete e dolorose della vita.

Così l'astrologia concorre a sviluppare la fisionomia e l'osservazione esteriore dei segni fisici in relazione collo sviluppo morale e si completano a vicenda.

Alberto Magno, rigettò l'astrologia e si occupò solo della fisionomica aristotelica. Marsilio Ficino, l'innamorato di Platone, compose un libro sulla Fisionomia, molto lodato dal Corsi e Valori suoi biografi.

Verso la metà del 1400, Michele Savonarola, medico e zio di Fra Gerolamo, scrisse lo Specchio della fisionomia, opera notevole secondo Bartolomeo Aquarone, e che fu tradotta in greco da Teodoro Guza. Contemporaneamente il Cardano, medico e matematico di Pavia, bizzarro ingegno, il di cui studio suggerì a Lombroso le prime idee intorno alla teoria degenerativa del genio, fu amantissimo dell'astrologia giudiziaria, e scrisse della Metoposcopia corredando di ottocento figure i tredici libri della sua opera.

Nel secolo XVI si traduce Aristotele da Andrea Lacuna nel 1535: e nel 1538 da Jodoco Wilichio. Polemone, Adamantio, Melampode commentati e tradotti, formano poi il substrato di tutti gli innumerevoli fisionomisti che seguirono

5. — Sarà utile venire a dare per chi non abbia mai avuto occasione di aver fra le mani i testi di Chiromanzia e Metoposcopia qualche schiarimento sulla natura di queste pretese

scienze, derivate dall'astrologia, prima di passare all'esame di coloro che le combatterono a viso aperto, e ridussero la fisionomia entro i limiti di un vero indirizzo naturalistico. Prenderò in esame "La Metoposcopia, ovvero commensurazione delle linee della fronte del Cav. Ciro Spontoni, aggiuntavi una breve e nuova Fisionomia, un trattato dei Nei, altro dell'indole della persona, e molte curiosità (Venezia, MDCLIV, presso il Turrini),,.

Questo trattatello di pag. 96, adorno di molte figure a spiegazione delle linee, quantunque posteriore alla grande opera del G. B. Della Porta, non ne risente affatto l'influenza, e può opportunamente rappresentarci lo stato dell'astrologia giudiziaria prima che la Fisiognomica si fosse purgata dalle pazze ed artificiose profezie astrologiche, ed emancipata dal carattere fantastico che le aveva impresso il Medio evo.

Si esaminano le linee della fronte secondo la lunghezza e il numero. "L'averne molte non è laudabile, ma peggio è il non averne alcuna. Se ben la moltitudine delle linee è buona in quanto che significa uomo buono di elevato ingegno, è poi cattiva per altro significando molteplicità di negozi, i quali difficilmente si conducono al desiderato fine. Quando sono poche linee e semplici nella fronte per il lungo, significano semplicità d'animo, uomo giusto e magnanimo il quale per lo più avrà quiete o almeno negozi gravi. Si attribuiscono le linee della fronte ai sette pianeti col medesimo ordine che osservano gli astronomi nei cieli; perchè "la più alta, ch'è vicina alla commissura coronale, è assegnata a Saturno; la seguente a Giove; la terza a Marte; la quarta al Sole; la quinta a Venere; e quelle che sono tra le sopracciglia a Mercurio; e quelle che sono sopra le sopracciglie immediatamente si dànno ai luminari; cioè quella che è sopra l'occhio destro al Sole, e quella sopra il sinistro alla Luna; il che oltre che per lunga osservazione si è trovato vero, ed ha qualche ragione in sè, dominando il Sole l'occhio destro, e la Luna il sinistro,,.

Si fa quindi una descrizione veramente oggettiva delle varie linee o rughe della fronte, delle varietà che esse presentano nella profondità, larghezza, colore, e a seconda che esse saranno dirette, moderatamente oblique, o molto oblique, brevi, interrotte, intersecate, ramificate, vorranno significare semplicità d'animo, lunga vita, avarizia, vita breve, imbecillità, malattia, incostanza, ecc. ecc.

La linea Saturnina accenna a buon influsso del Pianeta omonimo "prometterà lunga vita e fortuna se sarà diritta, continua,,. E se questa linea fosse più lunga delle altre, più profonda e vigorosa "significherà che Saturno dominerà principalmente l'uomo, e lo farà in tale caso con austerità pensieroso e molto profondo, taciturno, solitario, laborioso, ecc.; ma se la linea Saturnina sarà malamente posta, troppo ritorta, o cadente, o divulsa, o ineguale, significherà male influsso del pianeta, e minaccia lite, prigionia, infermità incurabile, trista ed inquieta e breve la vita, ecc.,,. E così via, via, per tutte le possibili apparenze che può assumere questa linea, si traggono pronostici e divinazioni. La linea Gioviale, farà l'uomo onesto, magnanimo, splendido, grave; Giove signoreggierà il nato. Così per la linea di Marte si attribuiscono come pronostici le qualità mitologiche del dio della guerra. "Marte gli promette prosperità nell'esercizio delle armi e lo farà forte, animoso, collerico, imperioso, aperto d'animo, ma con certa temerità che si espone ad ogni sorta di pericolo, arrogante, desideroso di vendette, impaziente a sopportar le ingiurie,,.

Si considerano pure di essa la possibilità che sia mal posta o formata a modo di catena, od ondulosa, o prevalente per profondità sulle altre; o debole, e quindi mal apparente. Alla linea del Sole che si trova sotto quella di Marte, e per lo più sopra l'occhio destro, dànno gli astrologi significato di lunga vita e buona morte, dignità nella patria, amore di principi e persone nobili. Se nella linea vi sarà un neo, o se una sarà debole, o mancante, i costumi di chi la porta saranno diversi da quelli che si attribuiscono all'influsso solare; sarà vile, arrogante, crudele, goloso, litigioso, dissipator di roba, pigro, poco inclinato a virtù.

Venere fa l'uomo amico delle donne, prospero nel matrimonio, nei figliuoli, e sotto l'ascendente di Venere sarà allegro, festevole, giocondo, delizioso, benefico, dedito ai piaceri carnali, ai giuochi. Se la linea sarà rotta o appena accennata si cambierà la scena: poca forza con donne, pochi figliuoli, debole negli abbracciamenti, e si predicono grandi mali negli organi cui Venere presiede. Se poi molto obliqua, significherà lussuria nefanda, con ogni sorta di persone, vita infame, disonesta. E poichè Mercurio è il Dio dei commerci, agli uomini beneficati dalla sua linea in modo chiaro e visibile saranno favorevoli i contratti, i negozii, il giuoco, e costoro si dilettano a far di conto e a negoziare. La Luna farà l'uomo viaggiatore, di buono ingegno, industrioso, amato dalla plebe, dai marinari, corrieri, pescatori, e dagli stranieri. All'incontro se la linea lunare mancherà sulla fronte, perderà l'uomo la vita, rimarrà storpiato, correrà pericolo d'annegarsi, subirà prigionia, ferimenti, ecc.

Si esaminano poi tutte le possibili combinazioni delle varie linee fra di loro, e si tirano i pronostici più complicati, facendo agire le varie influenze dei pianeti su di una stessa persona.

Si tratta pure "delle sette età del nato conforme al dominio di sette pianeti,, e sulla scorta di Tolomeo, che distribuisce l'età dell'uomo in sette parti uguali, assegnando ciascuna ad uno dei sette pianeti, secondo l'ordine loro, si profetizza ciò che deve accadere nelle diverse fasi della vita.

Il discorso sopra il nascimento dell'uomo e della donna, assomiglia molto ad una raccolta dei così detti "Pianeti della sorte,,, che ancora oggidì si distribuiscono ai contadini dai suonatori girovaghi sui mercati e sulle fiere. Trascriverò per curiosità "L'inclinazione del mese di maggio,,:

"L'uomo che nasce il mese di maggio, Gemini l'inclina ad aver piaghe, amato sarà grandemente, splendidamente vivrà, avrà diverse venture, anderà per molte e strane terre, sarà in gran fede appresso le persone, onde che senza tema alcuna ognuno li crederà, deve acquistar ricchezze, sarà in grande estimazione, darassi ad un'arte ed in essa vi sarà negligenza, sarà molto più cortese alli strani che alli suoi, sarà animoso, diletterassi di aver cose belle, deve essere morsicato da cane, patirà pericolo in acqua, infermerà negli anni 18, 25, 33, 44, da 30 anni indietro miglior ventura, accenna anni 98,.

6. — Tuttociò come si vede è molto primitivo, puerile e fantastico, e ci può dare un'idea a quali abberrazioni fosse capace di portare l'astrologia, applicata alla fisionomica. Però qualche cosa di vero nel rapporto causale fra gli astri e la natura umana si è intravvisto, e dopo che Lombroso nel "Pensiero e Meteore,,, dimostrò in modo positivo l'influenza degli astri sul pensiero umano, non si può completamente negare che anche l'astrologia non abbia avuto nelle sue affermazioni qualche sussidio e conforto dell'osservazione e dell'esperimento.

L'astrologia venne dai Pontefici condannata e G. B. Della Porta le diede un fiero colpo che la ricacciò colle sue esagerazioni, coi suoi giudizi avventati, fra le anticaglie del Medio Evo.

Ma prima di G. B. Della Porta in Italia si era già ripreso e sviluppato l'interesse per gli studi fisiognomici e possiamo annoverare buon numero di autori che scrissero trattati originali di fisiognomica e commentarono i testi aristotelici. Il Bianchi cita oltre all'Achillino, lo Scotto e il Cocle già notati, Andrea Lacuna, che tradusse la Fisionomia di Aristotele; la stessa in latino tradotta da Jodoco Willichio, Francesco Sanchezio, Camillo Balbo, Agostino Nifo.

Nel 1532, Nicola Pietro Corcireo, stampò una versione in latino della Fisionomica del Polemone. Nel 1540, a Parigi, si pubblicò nel testo greco quella di Adamantio, tradotta da Jano Cornari, in una edizione di Basilea. Agostino Nifo stampò in Basilea nel 1534, una versione di Melampode e poi un'altra Nicola Petreio. Tricassi, nato a Mantova sulla fine del quattrocento, pubblicò un commento all'opera di Cocle nel 1525, e scrisse una Chyromantica di cui si hanno parecchie edizioni. Giov. Indagine nel 1531 pubblica pure trattati di Chiromanzia e di Fisiognomica, che ebbero l'onore di parecchie traduzioni francesi.

Insomma già nella prima metà del 500, il risveglio degli studii fisiognomici era iniziato, ma li vediamo complicati colle bizzarrie astrologiche. Gli effetti dell'origine impura di questa scienza non dovevano essere, malgrado gli sforzi del Della Porta, cancellati che molto più tardi.

Capitolo III.

Gio. Batt. Della Porta e Guglielmo Grataroli

1. Metodo positivo delle ricerche. — 2. Caratteri desunti dall'esame del cranio e della faccia. — 3. Degli occhi. — 4. Tipi caratterizzati da gruppi di dati somatici. — 5. Terapia e profilassi. — 6. G. B. Della Porta non è l'instauratore della Fisionomia. — 7. Rivendicazione a G. Grataroli. - Sua vita. — 8. Riassunto della Fisionomia del Grataroli.

1. — Nel titolo del primo capitolo "della Fisionomia dell'uomo,,, Gio. Batt. Della Porta ci indica già nettamente l'indirizzo di tutta la sua opera, col dire che molte scienze divinatrici sieno vane, false e perniciose, e quanto sia grande l'eccellenza della fisionomia fondata sui principii naturali; espone il programma che terrà nella critica per quanto si è venuto divulgando nel Medio Evo, e dà affidamento di trattare col metodo positivo la fisiognomica.

Egli risalendo alle origini della storia dei popoli constata come in tutti i tempi l'arte dell'indovinare sia stata coltivata con amore "nè fu questa mai così barbara e selvaggia che con acceso e sollecito andare non abbia desiato di voler saper i futuri avvenimenti, bramando conoscere l'inclinazioni degli uomini secondo le varie naturali disposizioni dei corpi umani,,. E l'indovinare le azioni che si possono commettere in forza della speciale costituzione fisica è una delle parti più positive e sicure della divinazione. Dimostra "la corrispondenza che ha l'anima insieme col corpo,, e lo fa in modo che potrebbe essere anche oggi utilizzato per una introduzione ad un trattato di psichiatria. Giudicate se è esagerato il mio giudizio da questi brani che riporto togliendo solo l'ampollosità dello stile: "Nelle infermità che vengono al corpo l'anima si rinferma anch'essa, e si vede nell'infermità dell'anima che medicando il corpo guariscono. Quando l'anima è malinconica, il corpo divien languido e scolorato, e stando allegro rifiorisce.

La pazzia è una malattia dell'intelletto e i medici curando i corpi curano l'anima dalla pazzia "Nell'infermità del corpo l'anima solamente si muta, che non può usar il suo ufficio e quell'uomo, che la patisce, diventa un altro,,.

Conforta con esempi e coll'autorità degli scrittori le sue proposizioni. Bellissima è la pittura d'un caso di aberrazione sessuale: "Apuleio descrivendo una matrigna, che ardeva dell'amor del suo figliastro, dice che aveva il volto tinto di brutta pallidezza e gli occhi erano languidi e trasformati, nè le ginocchia potevan reggere il peso del corpo. Nella notte le era tolto il sonno, era afflitta da continui sospiri,,. Questa corrispondenza fra segni fisici e qualità dell'anima si trova evidente ed è facilmente sperimentabile negli animali. E qui fa passare in rassegna una quantità di autori che trattarono dell'argomento formando un materiale copioso per una fisiologia comparata. In parecchi capitoli successivi (VI, VII, VIII) parla della corrispondenza fra i temperamenti del corpo e il carattere morale. Qui si ripetono i concetti Galenici, con poche variazioni. Ma al Cap. X che tratta "dell'uomo malinconico,, vi è mia pagina in cui precorre davvero Lombroso nella tesi del genio e mania. "Empedocle, Socrate, Platone e molti altri uomini illustri furono tutti assaliti dall'istessa infermità. Fu certamente Euriloco di grandissimo giudizio, come tutti coloro che furono molestati dalla collera vera. Marco, cittadino Siracusano, era eccellentissimo poeta quando diveniva pazzo. Platone, nel libro delle scienze, dice quelli soli esser di molto ingegno che sogliono divenir pazzi e furiosi. E nel Fedro, dice che le porte del Parnaso invano si battono senza pazzia. E Democrate dice che i più ingegnosi sogliono divenir pazzi,,. Certo che nella rassegna dei temperamenti, i preconcetti umorali del sangue, della flemma, della collera gialla e nera, tolgono in gran parte valore alle pagine del Della Porta, ma resta pur sempre ben chiaro come egli nel giudicare le azioni tenesse calcolo dell'elemento costituzionale del carattere.

Ma vi è la tendenza alla critica di ciò che era patrimonio acquisito ed indiscusso degli antichi, e non giura in verba magistri, s'occupa anzi di demolire completamente il sistema di Platone, quello cioè di conoscere i costumi dell'uomo per la somiglianza del corpo degli animali. "Questo modo poi non l'approviamo per vero, perchè vana e sciocca cosa è l'immaginarsi che si possa trovare alcun uomo che abbia tutto il suo corpo somigliante a quello dell'animale,,. Egli farà conoscere che non è per esser digiuno di conoscenze geologiche che non ammette la teorica platonica, e con grande erudizione espone un vero trattato di geologia. Similmente nel capitolo successivo "contro Troja il qual congetturava da diverse configurazioni del Cielo venir diversi costumi,, espone, ampiamente, osservazioni degli autori e proprie intorno all'azione dell'ambiente fisico sulla natura dell'uomo, sviluppando una vera teorica dell'adattamento. Documenta con un amore di verità eccezionale il proprio asserto con figure disegnate dal vero, certo sottostando a spese e fatiche non indifferenti.

Per esempio, ha un disegno di un leopardo, del quale è detto: "Con gran fatica abbiamo mandato a torre da Fiorenza il ritratto del leopardo, nè avendolo a soddisfazione, l'abbiam fatto ritrarre dal vivo qui in Napoli condottovi l'anno 1584,,, e così per il leone “abbiamo portato qui sotto la forma del leone, la quale abbiamo delineata dal vivo, da alcuni condotti qui in Napoli„.

2. — Nel libro secondo entra direttamente a trattare della vera fisionomia. Vi sono anche qui riportate ampiamente le opinioni degli antichi. Aristotele, Galeno, Polemone, Adamantino, Alberto Magno, Avicenna, ecc. Poi documentazioni spigolate nella letteratura classica e contemporanea. “Il capo un po' più grande del mediocre è indizio di animo sensato e di grande ingegno. Quelli al contrario che sono di piccolissimo capo ha poco senso e men cervella„. A proposito della constatata microcefalia nei delinquenti il Della Porta cita Avicenna che dice: “Il capo piccolo e di sconcia forma dimostra mancamento di natural virtù morale, però colui sarà senza fede, d'ira veloce e dubbio in tutte le cose„. Ed aggiunge di suo “un picciol naso non può esser capace di molto spirito, onde il cervello essendo ristretto dal poco spazio del capo, per la strettezza lo spirito animale si soffoca: insomma il capo picciolo è necessariamente cattivo„. Tratta magistralmente le anomalie e le deformazioni craniche, e distingue il capo depresso nella fronte, quello sporto fuori nella fronte, il capo gonfio nelle tempie: conchiude “che quel capo che sarà di moderata grandezza e avrà una convenevole depressione, è la miglior d'ogni altra forma di capo per i buoni sensi e la grandezza d'animo„. Disse poi che il capo aguzzo è proprio dello stolto e insensato, e correda ogni forma di capo colla corrispondente figura unita a quello dell'animale cui più si assomigli.

Sulla fronte è notevole questo: “Gli uomini di poca fronte sono molto ignoranti, dalla somiglianza della fronte del porco; ed io per la fronte piccola intenderei quella stretta„. La fronte lunga dimostra buon senso e molta facilità nelle scienze. Cita uomini eminenti che ebbero fronte lunga.

La fronte quadrata, leonina, dimostra uomo magnanimo, quella gibbosa, alta, rotonda, dimostra stupidi e uomini ignoranti, e parla di fronte rugosa, o senza rughe, di fronte liscia, di fronte tranquilla, nebulosa, mesta, allegra. L'importanza della fronte nel trattato del Della Porta accenna certamente all'intuizione che nei lobi anteriori si elaborano le più elevate funzioni intellettive.

Meno importanti sono le osservazioni sulle sopracciglia; quantunque alcune caratteristiche conformazioni di esse sieno state riconosciute non senza valore dalle ricerche moderne sui delinquenti, ed è certo poi come contribuiscano all'espressione mimica del volto. La stenocrotafia è molto bene considerata parlando delle tempia concave, che giudica sintomatiche di animo ingannevole e crudele. L'orecchio, la cui forma venne tenuta in gran conto dalla Scuola Lombrosiana, è studiato minutamente dal Della Porta: "Le orecchie grandi sono testimonio di molta asinità, se saranno dritte oltre modo dimostrano stoltizia e loquacità,,. Pone in una figura in confronto le orecchie ad ansa dell'uomo con quelle della scimmia, e quelle a punte lunghe e strette che sono proprie dell'invidioso, e da quelle di cattiva forma e non "scolpite,, come indizio di saggezza d'ingegno.

Così del naso, di cui si occupò pure l'antropologia criminale collo studio dell'Ottolenghi, si intrattiene a parlare a lungo: "Il naso adunco è convenevole ai magnanimi,, e cita grandi uomini, imperatori, capitani, filosofi che ebbero naso aquilino.

Il naso largo che declina al sommo dimostra l'uomo bugiardo e loquace, e quei che hanno l'estremità del naso grosso sono assai pigri, il naso aguzzo all'estremo è proprio degli irosi, quello che è schiacciato, breve, appartiene ai ladri ed ai lascivi,,. E tratta delle narici aperte, chiuse, distanti, alle quali attribuisce l'ira, la pazzia, la misericordia.

Il Cap. IX, del libro II, tratta del volto e qui fa della vera fisionomica artistica analizzando l'azione mimica delle passioni.

"Del volto. — A figurar il volto concorrono tutte le parti: gli occhi, la fronte, il naso, ecc. Il volto è veramente testimonio e dimostratore della nostra coscienza. Esso rappresenta le passioni, perchè quando l'animo sta allegro esso è sereno, mesto esso è malinconico e perturbato, se irato è livido e sparso di sangue, e pazzo, e pieno di furia. Cicerone dice a Pisone: Non mi hanno ingannato gli occhi tuoi ed il tuo volto che è un tacito parlar della mente. Il volto è specchio della mente. Il volto femminile nell'uomo lo dimostra effeminato, il viril nella femmina, mostra femmina virile, come d'Atalanta narra Eliano,,.

"L'allegrezza si conosce principalmente nella fronte liscia e spiegata, negli occhi sereni, la faccia rossa e grassa,,. Il volto umile e dimesso che par che pianga, troverai in coloro che si dolgono sempre delle avversità e disgrazie della fortuna, e son quelli che ragionando hanno una voce querula e sono odiosi alle genti. Ci fa pur passare in rassegna volti vili e leggiadri, austeri, crudeli ed una fantasmagoria di filosofi, sapienti, re, principi, capitani, per esemplificazione delle sue affermazioni. Sotto il titolo di Faccia, considera il Della Porta la zona mimica, orale e le guancie. Esamina la faccia molto grande degli uomini pigri, quella molto piccola dell'uomo che ha animo vile: "Chi ha la faccia magra e circospetta è molto avveduto nelle opere sue, di sottile intelletto; la faccia lunga è d'uomo ingiurioso,,. Quest'ultimo attributo equivale certamente alla ferocia del criminale a enorme mandibola. E se unita alla nota mancanza di barba nei criminali, anche per il D. P. "Faccia rugosa, magra e senza peli,,, si avrà uomo avaro e cattivo. Le guancie lo interessano pure in modo particolare. "Le guancie piene d carne dimostrano pigrizia ed ubbriachezza, quelle molto delicate, malignità ed astuzia,,.

Sulle labbra ha pagine stupende: "Le labbre delicate in una bocca grande e di cui le parti superiori cadano sovra quelle di sotto, e le medesime vicine agli angoli della bocca sieno un poco rilassate, dimostrano fortezza d'animo e grandezza, ma se in picciola bocca vi saranno labbra delicate, dimostrano paura, impenitenza, ed inganni,,. Nota felicemente, poiché ciò è tanto vero da essere un segno patognomonico della faccia, che chi ha il labbro di sopra che lasci vedere le gengive e i denti dai lati, è molto incline all'ingiuria e al dire male, ed è temerario.

Chi ha bocca grande è audace e bellicoso, la bocca molto aperta, uso il montone, è d'uomo stolidissimo. Narra come egli abbia un massaro con una bocca che giunge poco meno che agli orecchi, e sia ignorantissimo, e di canina voracità.

Non gli sfuggì il valore degenerativo dei diastemi dentari: "poiché quelli che hanno i denti rari e piccoli e men forti, meno hanno fortezza di cervello, laonde ne segue la debolezza di tutto il corpo. Contrari sono a questi i denti grandissimi e spessi che mostrano lunga vita, audacia e fortezza.

Bellissima è la descrizione degli scilinguati, balbettanti ed impediti della lingua, entrando dal Cap. XV al XXI del libro secondo a trattare dell'esame funzionale, piuttostochè dei caratteri somatici.

"Lo scilinguato è quello che non può esprimere una certa lettera, cioè non ogni lettera ma alcuna sola; i balbettanti prima di replicar una lettera, ovvero sillaba, si arrestano perchè la lingua non può arrivare a quello che vorrebbe l'intelletto. Accade alcune volte che si balbetti quando è tanto l'impeto di voler parlare, che avanza il potere. Talora la lingua può essere veloce come veggiamo accader negli irati, ma incontrando certi intoppi si ferma,,.

Il ritmo respiratorio gli dà campo ad originali osservazioni. "Quelli che anelano, come coloro che han corso, sono sconsigliati e dicon tutto quello che sanno, e chi pare non abbia fiato, è uomo pien di pensieri; e il sospirare sempre si ha per segno di dolore, cioè di tristezza di cuore,,. E dipinge benissimo lo stato stuporoso dei malinconici: "Quelli che hanno qualche passione stanno con tutto l'animo a quella cosa che dona dolore, onde l'animo tutto rivolto a quello da cui è sollecitato, si dimentica dell'ufficio suo,,.

"Il riso troppo disordinato è segno di pazzia e chi ride con grida, dimostra poca sapienza e assai meno intelletto. Però diceva Seneca: sia il riso senza strepito. Quei che ridono con tosse e con difficoltà di respirare son tiranni senza vergogna, se quando ridendo la bocca si detorce con beffe, dimostra uomo arrogante, superbo, traditore,,. Dalla voce pure si possono riconoscere le qualità dell'animo. E il D. P. esamina la voce grave e gagliarda, quella molle, acuta, debole, pieghevole, ecc., poi la loquela col parlare fermo, veloce, dimesso, tardo, breve, piacevole, modesto. Non gli sfugge insomma l'importanza del linguaggio fonico, articolato che nella semiotica mentale è uno dei dati più utili e una fonte sicura per la diagnosi delle anomalie psichiche.

Il D. P. esamina quella parte della mascella che è dinanzi ed equivale al mento. Picciol mento dunque è pessimo segno, e l'uomo che l'abbia lungo è in ogni modo da fuggire, perchè sarà loquace più che si convenga. Mento quadrato è d'uomo virile, e quello che l'ha diverso, è di costumi ingannevoli. Meno interessanti sono i capitoli sul collo, sull'osso della schiena, sul metafreno (sterno, arcate costali), sui lombi, sulle spalle, sul petto e sul ventre. In tutti però risulta evidente come vi sia sempre corrispondenza fra le deviazioni e le alterazioni dei caratteri somatici che originano squilibrio di funzioni, e il carattere, il temperamento, l'intelletto.

Nè tralascia di osservare la grande influenza che sull'integrità della psiche ha lo sviluppo degli organi genitali, quantunque "aveva proposto nell'animo mio di non trattare di queste cose, non potendosi far di queste parte nella onesta narrazione, alle caste, pudiche menti senza onesta profanazione d'onore; ma perchè l'ordine vero delle cose da scrivere ne forzano che non fossero manchevoli le cose passate, ci è parso cosa convenevole non lasciarle,,.

Sulle braccia nota che la lunghezza eccessiva dl queste "quando le braccia saranno tanto lunghe che le mani distese giungano insino alle ginocchia,,, dimostrano arroganza, e sulla mano, spogliandosi completamente da ogni influenza chiromantica e astrologica, nota le dita grosse e brevi, che indicano ignoranza e stolidità; le dita lunghe che sono di coloro che hanno sano e buon temperamento; quelle molli e distanti fra loro; e la polidolfilia come indizio di inferiorità cerebrale. Osservazioni che ebbero nei lavori di Lombroso, del Marro, del Carrara, del Penso, ecc. più ampia conferma. E da vero psicologo si ferma a considerare inoltre i movimenti delle mani, allorchè si muovono quando si parla. Sono pure da lui notati come segni cattivi il poco sviluppo dei glutei, le natiche magre e disseccate come quelle della scimmia, le gambe molto delicate, le ginocchia che mirano in dentro, il piede piatto, i talloni molto delicati, i piedi brevi e grassi, le dita curve e congiunte insieme, le unghie ad artiglio o ficcate dentro la carne.

3. Tutto il libro III tratta degli occhi.

E ragionevolmente si dilunga su questo campo, poichè l'occhio ha una grandissima importanza in fisiognomica. Senza enumerare tutta la serie delle sue osservazioni sugli occhi, citerò come più interessante per l'antropologia criminale che quelli che hanno le pupille degli occhi larghe (miosi) sono di cattivi costumi, se piccole, sono maliziosi, quelli che hanno i cerchi delle pupille (midriasi) diseguali, sono pazzi (l'asimetria pupillare nella paralisi generale?) e così pure se di diverso colore. Gli strabici "coloro che hanno le pupille che insieme si muovano intorno al medesimo modo l'una e l'altra,, son uomini ingiusti. E coloro che li hanno prominenti e fuori dall'orbita, ignoranti e di duro cervello. Cita uomini nefandi che ebbero occhi così piccoli. "Cesare Borgia, Duca Valentino, aveva gli occhi cavi in dentro, ma di guardo viperino ed atroce, scintillanti fuoco, tal che gli stessi suoi amici non vi potevano fissare lo sguardo ancorché festevole. Il Tamerlano aveva occhi in dentro, ma con volto minaccevole, e fu stimato, per l'innata ed inaudita serietà, crudeltà dell'animo suo, il terrore del mondo,,.

Il nistagmo, carattere degenerativo, spiccato viene descritto benissimo dal D. P. "Occhi che tremano come se volessero balzar fuori, sono cattivi,, "e gli occhi che si muovono come turbati, dinotano uomo sospettoso e senza fede,, "Ma se uno degli occhi anderà in su e l'altro in giù e saranno tremanti e comprimeranno le ciglia, indicano epilessia e si aumenterà la malignità,,.

Il colore e la quantità dei capelli vennero presi in considerazione da parecchi seguaci della Scuola Antropologica che trovarono una predominanza di capelli neri nei delinquenti, e ne studiarono il modo di inserzione, la scarsità della barba, la direzione dei peli, la qualità, se stesi, ondati, riuniti, lanosi, crespi; la canizie precoce e rapida, la calvizie, ecc. Il D. P. consacra allo studio dei capelli e della barba il libro IV. "I capelli rari dimostrano uomo maligno e ingannevole: tutti i calvi sono lussuriosi, quelli che hanno stesi e molli capelli sono di mansueti costumi; se duri, mostrano uomo forte,, S'occupa della direzione e tratta dei capelli a vertici, rivolti al collo nella cervice. Così dai peli che rivestono tutto il corpo trae un significato di atavica ferocia e di lussuria, e la donna barbuta, dice essere di pessimi costumi; e ricorda il proverbio "poca barba e mal colore sotto il ciel non v'è peggiore,, Si parla pure dell'influenza del colore dei capelli "il rosso dei capelli, dimostra ira e tradimento, il biondo, freddezza, e coloro che li hanno neri, sono collerici o melanconici,,.

Pagine che ricordano gli studi più recenti sull'azione del suolo e del clima sono quelle sugli nomini grassi e magri.

"Dove la terra è grassa e molle ed acquosa vi son gli uomini grassi, che non possono sopportar fatica, e mal atti a trattar arti...... al contrario poi dove il paese è secco, aspro, tiranneggiato dal freddo o abbruciato dal calore del sole, si trovano duri, gagliardi e pelosi, di costumi pien d'ira, pertinaci e nell'arti più accorti e più atti al guerreggiare,,.

Fa poi della vera etnografia parlando del colore della pelle. Studia anche l'andatura; in linea generale, un'andatura franca senza affettazione, dinota un uomo energico. A chi batte il tallone camminando, attribuisce uno spirito di dominazione, se al contrario si striscia il piede è una prova di dissimulazione. L'incesso irresoluto è proprio degli spiriti piccoli e paurosi, e coloro che camminano con passo breve, sono fastidiosi e non giungono ad attendere ad alcun negozio. "Se invece col veloce moto sonvi gli occhi turbati e grande anelito, mostrerà segno d'uomo di cattive operazioni, da esser fuggito,,. "Quei che si muovono con tutte le spalle e con tutto il corpo sono effeminati, e quei che camminano col corpo dritto come asta sono audaci, mentre chi ha il corpo inclinato, è timido, vergognoso, mansueto,,. Pare intuisca gli studii recenti sulla morfologia del corpo umano del De Giovanni, al Cap. X "della lunghezza e brevità dei corpi,, e nota l'importanza della grande apertura delle braccia col dire: "tanto deve essere la lunghezza dell'uomo dal più basso piede in sino alla cima dei capelli, quanta è la lunghezza delle due mani aperte intorno agli estremi diti,,.

Distingue i bellissimi di faccia dai belli. Ai primi ammette possa andar unita una perversione dell'animo, "che se noi rivolgiamo gli occhi all'istoria, ritroveremo molti uomini e donne di eccellente e smisurata bellezza e aver ancor l'animo dotato di molte virtudi, ma congiunte con enormi vizi,,. Mentre dei secondi dice: "È un'altra sorta di bellezza, la quale veramente bellezza chiamar si dovria, quella che mostra un'animosa e concordevole concordanza di parti, e così nella simetria dell'ordine, nella proporzione delle membra che dimostrano nobilissimi costumi e una più nobilissima anima. Questa bellezza è quella che si tira dietro le virtù ed è lontana da ogni vizio,,. All'incontro i brutti di faccia sono bruttissimi di animo: "la bruttezza è difetto di natura ed effetto di sproporzione, oggetto abborrito dalla potestà visiva. Ma non si ferma qui la penetrante osservazione del nostro autore. Tien calcolo di un'altra fonte di dati utilissimi per giudicar del carattere di un individuo e che furono pure studiati dalla Scuola Lombrosiana. Ha un capitolo il XII del libro IV, intitolato: "Che cosa si può giudicar dalle vesti mal concie e dalle ben ornate e di coloro che si ornano i capelli,,. Quantunque il vestir sconcio e mal ornato sia indizio di inferiorità, pure il Della Porta nota come molti uomini d'ingegno per disattenzione, non curino le vesti; e così parla di sè: "Io, se ben nella gioventù fui poco curioso delle vesti, or nella vecchiezza son tanto alieno da questo pensiero che son obbrobrio agli amici, e prima che eschi fuor della porta di casa ho chi miri con diligenza la berretta, cappa, sajo, infin le scarpe che non vada fuori con quelle de' quali mi servo ne' studi notturni, che spesso m'è bisogno ritornar dalla metà della strada a casa per rivestirmi,,. Non richiama questo punto alla mente le distrazioni degli uomini geniali, e il viaggio in pantoffole dell'Ariosto?

Come pei criminalisti, così pel D.P., l'ornarsi la chioma, l'ungerla con olii, dà indizio di lussuria e codardia.

4. – Nel libro V, G. B. Della Porta, eleva l'analisi, eseguita prima sulle parti, dei varii dati somatici a costituire i diversi tipi caratteristici delle varie entità psicologiche, raggruppando i caratteri fisici ed anatomici, biologici e funzionali con quelli psichici e morali. Le sue figure sono forse troppo specializzate, perchè ad ogni qualità morale attribuisce un quadro speciale, ma ve ne sono alcune che sono di una profonda penetrazione e di un'esattezza meravigliosa. Quanta verità, per esempio, in questa semplice intestazione di un capitolo: "L'uomo da bene alla mediocrità delli segni,,. Indovinatissima è la descrizione del ladro: "L'orecchie molto piccole, le ciglia congiunte e pelose. Il naso molto piccolo, le mani delicate e strette, co' diti lunghi, gli occhi mobili e d'acuta vista, palpebre aperte, larghe,,. E quella dell'epilettico: "Gli occhi che si muovono come che volessero saltar fuori, grandetti, splendenti e che mirano, umidi o che vanno in su e principalmente se saranno tremanti con respirar denso,,. L'uomo di pessimi costumi è così descritto: "Il naso schiacciato, la faccia brutta e piccola e quella senza barba, il parlar debole, le spalle magre e acute, gli occhi grandi e commossi, infocati con cerchi sauguigni e azzurri,,. Gli iracondi, violenti, sono così descritti: "La fronte circolare, rugosa, che declina nel mezzo, le ciglia arcate, le tempie gonfie piene di vene, il color della carne di mele, i denti acuti, dritti, la voce grave, il collo grosso e pieno, occhi sanguigni, precipitosi, pieni di clamori, di furie, che non desiano cosa se non per il mezzo di sangue, sprezzano le ferite,,.

Così è che G. E. Della Porta, in mezzo ad un'erudizione pesante e impregnata di pregiudizii e di errori in modo di rendere ora faticosa la lettura della sua opera, ha delle vere gemme e delle intuizioni geniali; e, allorché si fonda sui dati delle sue osservazioni dirette, si stacca completamente dai fisionomisti che lo hanno preceduto. E con quanto interessamento e ardore di verità si accinge a questi studi, ci è provato dal fatto che malgrado gli ostacoli che anche allora s'incontravano per poter usufruire del materiale anatomico dei criminali, egli potè fare osservazioni sui cadaveri degli appiccati e "sugli estinti d'atroce morte ed uccisi,, poichè "convenni (dice nella Chisofisonomia, tradotta da Pompeo Sarnelli e citata dal Bianchi) col Boja Napoletano, che quando egli deponeva dalle forche gli appiccati, e li portava al Ponte Ricciardo mi avvisasse dell'ora di quella trasportazione, ed io andando a quel luogo osservavo le disposizioni delle mani e dei piedi e quelle designava con uno stilo sulla carta, o pure con il gesso ne formavo i lor cavi, acciò buttandovi dopo la cera ne avessi in casa i lineamenti e da ciò avessi campo di studiarvi la notte in casa e di conferirli con altri„.

E iniziando quel metodo delle osservazioni numerose e delle grandi statistiche che adoperarono Lombroso e Ferri, aggiunse: "che non ebbe minor pensiero a visitare le carceri pubbliche dove sempre è racchiusa gran moltitudine dei facinorosi, ladri, parricidi, assassini di strada ed altri uomini di simile fattezza per vederli diligentemente„.

5. — Dove però l'originalità del D. P. è manifesta ed intraprende un'applicazione pei tempi davvero inaspettata, è nel libro VI, dove si propone di suggerire i mezzi atti a trasformare nel caso che fosse possibile la natura cattiva in buona: "cioè che conosciuti i tuoi e gli altrui vizi possa levarli via e cancellarli del tutto, e ciò non con pensieri, immaginazioni o persuasioni di morali filosofiche, che per lo più vane riescono, ma con purgazioni e locali rimedii„. E noi che sappiamo ora come il D. P. ritenesse il delinquente non solo un prodotto della costituzione organica, ma delle condizioni etnografiche e dell'educazione, possiamo ritenere che questo in parte sia equivalente a far profilassi e della terapia del delitto con quei criteri positivi, che ancor oggi da tanta parte del mondo politico e giuridico non vengono accettati per amor dell'antico.

Accennerò ad alcuni fra i più importanti capitoli di questo libro VI: "Come gli iracondi divengono mansueti„. "L'ira è una grandissima infermità dell'anima, onde con ogni diligenza si dovria attendere a curarla, e che gli irascenti diventassero piacevoli e mansueti. Debbono fuggire gli iracondi d'abitar luoghi caldi in meno star al sole. Vedesi ancora questa verità che nell'estate e nella primavera gli uomini sono più collerici. Platone vietò il vino acciò quel natìo loro colore non fosse più accresciuto con il vino e fossero divenuti pazzi e precipitosi„. Ecco in poche parole accennato all'influenza eziologica sul delitto del suolo, delle stagioni e dell'alcoolismo. "Gli abitatori dei luoghi marittimi sono ladri, dice Strabone, ragionando di Corsica e Sardegna, per essere i luoghi loro sassosi, secchi e ventosi, lasciano di coltivar la terra per andar rubando„. Quando parla del "come gli innamorati possino lasciar d'amare„ fa della profilassi per i reati sessuali e si rileva acuto psicologo. "È l'amor un soverchio desiderio di anima, ovvero un assiduo pensiero che sta nel core sopra la cosa amata con desiderio di goderla: gli occhi languiscono, i sospiri interrotti, spontanei: questa affezione in meravigliosi modi si muta, or lieta, or dogliosa, or allegra, or dimostra speranza ed audacia, ora paura e timidità e principalmente in quel tempo avviene quando si racconta alcuna cosa dell'amata donna. La cura di questa infermità saria, si godessero insieme, se fosse possibile congiungendosi prima in matrimonio, ma non essendo possibile, è bisogno ricorrere ad altri rimedi coi quali questa peste le si togliesse dall'anima, la quale se presto non si rimedia, può venir agevolmente in malinconia ed appresso alla pazzia ed alla morte,,. E suggerisce le distrazioni, i mezzi: "veder altre bellissime donne, altre cose vaghe, fingere alcuna paura d'esser ammazzato o d'essere ingiuriato, ovver dargli alcuno onorato carico e pensiero, acciocché ponendo ogni sua cura qui, lasciasse di pensare ad altro, e molto giova il cavarli sangue e usar cibi di poco nutrimento,,.

È esattissimo quando parlando di malinconici dice: "diventano melanconici per le troppo vigilie, pensieri e solitudini e per cibi cattivi,,.

6. — Questa per sommi capi l'opera di Giovanni Batt. Della Porta, il quale meriterebbe davvero di essere considerato come il precursore dell'Antropologia criminale, e l'iniziatore di quel movimento generale negli studi che diede origine alla fioritura di tanti fisonomisti della fine del 500 e per tutta la durata del secolo XVII. Ma qui occorre rivendicare la precedenza del merito di aver svincolata la Fisiognomica dall'Astrologia ad un altro autore del 500, che se venne ricordato, lo fu come un seguace del Della Porta, mentre l'opera sua di Fisiognomica fu stampata quando il Della Porta non aveva che 19 anni, ritenuto, come vuole il Bianchi, che egli sia nato nel 1535 e non nel '40, e in quell'età non poteva aver certo commesso alla stampa cosa alcuna d'importanza. Voglio parlare di Guglielmo Grataroli di Bergamo, che nel 1554 stampava in Basilea un trattato: De praedictione morum naturarumque hominum cum ex inspectione partium corporis, tum aliis modis, mentre la 1ª edizione della Fisiognomica del Della Porta è del 1586.

Ed è doverosa questa rivendicazione, in quanto che uno dei meriti maggiori che si attribuì al Della Porta si è quello d'avere criticato e rifiutato l'Astrologia e le tradizioni medioevali, facendo per quanto era possibile, colla coltura ed i mezzi dei tempi, delle osservazioni dirette.

Ciò in verità non è originale merito del Della Porta, poichè il Grataroli si mostra già nel 1554 nella sua Fisionomia liberato completamente dalle influenze astrologiche, ed il suo trattatello, quantunque di mole e di intenti molto più modesti di quello del fisionomista napoletano, è meraviglioso per chiarezza, precisione e praticità e per le basi naturalistiche su cui si fonda.

E poichè è una rivendicazione di priorità che io voglio qui affermare e perchè di questo medico veramente geniale si sono dimenticati gli scrittori più recenti di fisionomica o l'hanno considerato erroneamente come un imitatore e seguace, non solo dello stesso Della Porta, ma di altri minori, mi fermerò sulla sua vita, anche perchè, col solo tratteggiarla, si può in certo qual modo supplire ad uno sguardo storico dell'ambiente nel quale questi studi, che preconizzavano l'indirizzo positivo dell'esame somatico e fisico nella medicina, prendevano vigoroso impulso; sguardo che gioverebbe alla comprensione genetica della Scienza Antropologica.

7. — Abbiamo le più complete notizie di lui in un opuscolo dei 1789 del conte G. B. Gallizioli, il quale, ritenendo che i biografi del Grataroli, fossero stati fino allora incompleti e non sufficienti a dare un esame concetto del valore di tanto uomo, ricorse ai documenti che si trovavano nelle Biblioteche estere, e tentò scagionarlo dall'accusa di eresia che i biografi contemporanei gli avevan fatto. Da questo studio del Gallizioli io ho attinto le notizie che espongo.

Guglielmo Grataroli, veramente celebre ai suoi tempi, tenne alto all'estero il prestigio della Scienza italiana. Nato da famiglia di medici, si recò allo studio di Padova, fiorente allora perchè vi leggevano Bernardo Licino, Jacopo Salvetti, Francesco Albani, Lodovico Della Torre, e si iniziò nella Chimica e nella Medicina. Era pure quell'Università dove il Pamponazzi e Pietro Vermilli, pochi anni prima che vi accedesse il Grataroli, avevano messo a rumore, non solo gli uomini di lettere e di scienze, ma i principi della stessa Corte Romana, per le ardite critiche sulle dottrine filosofiche e morali del tempo. In età di anni 21 conseguì la laurea dottorale e nello stesso anno 1537, regolarmente stipendiato, venne destinato a commentare Avicenna nella cattedra di Medicina straordinaria. Per un solo anno tenne quell'ufficio e nel '39 venne iscritto e lo troviamo nel Collegio dei Medici della sua città natale e da documenti del tempo risulta che salì presto in fama per le prodigiose cure fatte in patria e nelle vicine città, sì che continuamente era ricercato e consultato. Ma nel 1550, secondo alcuni, dovette con precipitosa fuga evitare i rigori del Tribunale dell'Inquisizione. Così il Bayle, il Morero, il Teissier e lo storico dell'Università di Padova Nicolò Papadopoli. Anzi quest'ultimo lo accusa "di disprezzare tutte le cose sacre e sotto il velo di una Religione più purgata, spargere i dogmi dei luterani, sì che reo presso i sacri Inquisitori del Santo Offizio, vedendosi vicino ad essere carcerato, prese il partito di fuggirsene e mendico si trasferì nella Rezia,,.

Il Gallizioli, come ho detto, combatte queste accuse, perchè, dice, se fosse stato eretico non avrebbe potuto essere aggregato al Collegio dei Medici e vivere onorato e tranquillo in Bergamo; e perchè niente si trova negli scritti del Grataroli che lo dimostri o seguace di Lutero o contrario a verun dogma cattolico. Inoltre un altro suo biografo, il Padre Donato Calvi, non scrive che abbandonasse la patria per abiurare la religione, anzi concede moltissimi encomi alle sue qualità morali, e un suo amico e contemporaneo, Gerolamo Zanchi, scriveva a Giusto Voltejo, elogiando il Grataroli: "dotto e pio, che nella sua patria era tenuto in molta stima e venerazione ed era molto ricco. Lo zelo soltanto per la pietà e per la religione lo rese povero in modo che ultimamente gli è stata confiscata la dote della moglie, unicamente perchè essa volle seguire il marito,,. Pare invece che Guglielmo, sedotto dall'esempio di parecchi suoi amici, che, amanti della quiete che non potevano godere in nessuna parte d'Italia, perchè era piena di confusioni e di disordini cagionati dalle guerre, dagli sconvolgimenti politici, e per la vigilanza ed i timori in cui viveva la Corte di Roma acciò non si introducessero le opinioni d'oltr'alpe, riparasse nelle città della Rezia, unicamente perchè libere, pacifiche e sicure asilo di tutti gli arditi ingegni amanti di parlare e di pensare con libertà.

Ho voluto fermarmi su questi particolari perchè si comprendesse come il Grataroli fosse uno spirito innovatore, e come la tendenza agli studi fisiognomici avea in lui non il significato di una semplice bizzarria od esercitazione scolastica, ma quello di una ricerca profonda di un indirizzo positivo. Si trattenne dapprima in Argentina (Bruxelles), poi in Basilea, ove fu ricevuto come Professore di Medicina e quindi dall'Accademia di Marburgo a coprire la cattedra rimasta vacante per la morte di Corrado Kuvnero. Ritornò poi a Basilea e forse per la rigidità del clima di Marburgo, o per l'allettamento che avea in Basilea.

Di qui si acquistò l'amicizia, il patrocinio di re e principi, tra quali Edoardo VI re d'Inghilterra, e Massimiliano Il re di Boemia, dell'Elettore Palatino, di Federico Conte Palatino.

Molte sue opere diede alle stampe il Grataroli. Le maggiori sono: Pronostica naturalia de temporum omnino mutatione, ecc., di cui l'edizione prima venne in luce a Basilea nel 1552 — De memoria reparanda — De Praedictione morum. Di quest'ultima farò un esame della parte fisiognomica nella quale tiene un posto cospicuo fra i più autorevoli fisionomisti. È importante e degna di nota, perchè è un vero intuito geniale che precorse di due secoli la scoperta di Newton sulla gravitazione universale, la spiegazione che il Grataroli diede sulla causa del flusso e riflusso del mare, problema contro il quale si spuntò l'acuta e serrata logica di Galileo. Egli lo spiegava col dire "che il moto periodico della luna ha grande predominio sopra i corpi fluidi... e accade che la luna ha bensì certa influenza sull'Oceano, ma non sui piccoli laghi e sui mari di poco estesa superficie,,.

Ebbe nel 1555 in Londra a stampare una Pestis descriptio, causae, signa, etc., ed in inglese venne tradotta l'altra sua opera, in cui vi è un tentativo di esperimento: De litteratorum conservanda valetudine. S'occupò pure del Regimen omnium iter agentium, edita nel 1571 a Colonia. Ricercato da Corrado Gesner, il Plinio tedesco, di notizie sulle Terme della Bergamasca, egli raccolse quanto sull'argomento era stato fatto, aggiungendovi molte sue particolari osservazioni. Innumerevoli poi furono le traduzioni e i commentari sopra svariatissimi argomenti, anche filosofici.

Fu insomma uomo di vasta coltura, di forte ingegno e d'animo generoso. Sulla sua tomba la pietà della moglie fece porre la seguente iscrizione:

"Guglielmo Gratarolo, Bergomensi | Artium ac medicinae doctori medicique | filio | in medicorum basiliensum collegium | cooptato | ob religionem exuli | coniugi carissimo | Barbara Nicosia f.c. | obiit aetatis suae anno LII | Christi | MDLVIII die XVI aprilis,,.

8. — Riassumerò brevemente l'operetta fisionomica del Grataroli accennando ai punti che più esattamente corrispondono ai dettati dell'Antropologia criminale. Tratta subito dopo una breve introduzione del Capo: "È ottimo, dice, il capo che è esattamente rotondo. Causa della piccolezza del capo è la piccolezza della materia contenuta. Il cervello segue la forma del cranio, se sarà piccolo il cranio sarà piccolopure il cervello. Il capo dell'uomo ha uno sviluppo maggiore proporzionatamente a quello degli altri animali e così pure il cervello. Il maschio ha più cervello della femmina. Un capo troppo grosso è proprio degli stolidi e degli indocili (idrocefalia). Il capo in forma di piramide è degli inverecondi; breve globoso è degli smemorati; depresso e piatto (plagiocefalia) è di chi è pieno d'ogni vizio; oblungo (doligocefalia) dei prudenti e sagaci. Le orecchie troppo piccole sono proprio dei lussuriosi; pendenti degli sto- lidi; aderenti al capo dei malevoli. La fronte piccola è degli indocili; troppo grande dei pazzi; rotonda degli ebeti ed insensati; se è quadrata sarà indizio di magnanimità d'animo; tesa e lucida è quella degli adulatori; alta degli uomini liberali; troppo rugosa degli inverecondi; ingrossata alle tempia dei superbi, iracondi. Gli occhi piccoli dei pusillanimi, grandi dei pigri e mansueti, infossati degli invidiosi, prominenti dei fatui, troppo aperti degli imprudenti, obbliqui e contorti dei fallaci, iracondi. Occhi mossi velocemente in una faccia aguzza ci indicano i fraudolenti, ladri, gl'infedeli; se fissi i cogitabondi,,.

"Naso. Le estremità del naso grosse sono proprio dei concupiscenti. Acuto degli irosi; se il naso è aquilino l'uomo avrà grande animo; se schiacciato sarà libidinoso; colle narici dilatate indicherà ira e passione. Labbra gracili degli iracondi, grossi e col superiore sporgente dei fatui; se il superiore lascerà scorgere le gengive sarà segno dei litigiosi e degli ingiuriatori. La faccia troppo grossa è dei timidi; se sarà piatta dei rissosi; se simile a quella degli ebbri, indicherà gli iracondi; se troppo lunga è degli inverecondi, troppo piccola e rotonda dei semplici, con fronte e mascelle troppo larghe dei mentitori. Il mento acuto è dei fedeli, quadrato degli atti a virtù, rotondo degli effemminati, grosso verso la gola dei libidinosi. — Se la donna avrà il mento peloso sarà lussuriosa; la barba ben distribuita è segno di buona natura, troppo folta dei melanconici, se rara è indizio di cattiva indole,,. E così tratta del color degli occhi e della faccia, della forma del collo e del petto, delle mani, delle unghie, degli arti inferiori, dei denti, ecc.; poi fa una serie di veri bozzetti, dei tipi dei quali riporterò i più riusciti.

"L'uomo imprudente così deve essere: Occhi in preda ad un movimento concitato, lucidi, sopracciglia lunghe, grosse, palpebre molto separate, grossi i piedi e le mani, rubicondo, di voce acuta. Per contro il dissimulatore ha occhi languidi, è di aspetto elegante, ha voce sommessa, incesso incerto. Il fatuo avrà capelli stesi, capo rigido, orecchie grandissime, fronte

aspra, occhi piccoli tenebrosi, guancie oblunghe, mento lungo, grosse le mani e i piedi. Pessimi sono tutti i gobbi e gli strabici, i claudicanti,,.

Tratta pure dell'andatura e dell'influenza del clima sulla qualità dell'animo, e dei temperamenti.

Insomma vi è trattata parcamente e senza il lusso delle citazioni degli autori e delle esemplificazioni tratte dalla storia e dalla letteratura, tutta la fisiognomica del Della Porta, senza nessuna immistione di pregiudizio astrologico. Parmi per ciò che meritasse d'esser segnalato questo autore in modo particolare fra quelli che precedettero il Della Porta. A questi resta sempre il merito di aver dato uno sviluppo maggiore alla osservazione personale, e di aver corredato di disegni sul vero le sue pagine. Può darsi, anzi io ritengo certo, che il Della Porta non ebbe conoscenza del lavoro del Grataroli, perchè non è mai citato nella sua opera, e coll'abbondanza, anzi colla vera eccessività delle citazioni, che rendono pesante e di difficile lettura l'opera del geniale napoletano, non si può sospettare che la dimenticanza sia in lui volontaria, e che non abbia voluto ricordare un competitore a cui avrebbe dovuto certo tributar delle lodi.

Questa coincidenza però di un medico bergamasco e di un napoletano nel tentare un ringiovinimento, a pochi anni di distanza, e senza conoscenza reciproca, della

Fisionomica su basi più naturali, è una prova novella che in mezzo confusione di tradizioni scolastiche e di sovrapposizioni pazzesche, nella Fisionomica si contenevano delle verità incontrastabili e i germi di una più larga ed efficace applicazione.

48

CAPITOLO IV.

I Fisionomisti nel seiecento

1. Ingegneri, Finella, Piocioli, Pellegrino. — 2. Gherardelli. — 3. Claramonte, Spontoni, De la Chambre, De la Bellière, Strygk, Goelenio, Elvezio. — Samuele Fuchsius. - Metoposcopia. — 5. Oftalmoscopia. — 6. O. Niquetius.

1. — Troppo lunga sarebbe anche la sola enumerazione dei fisionomisti che fiorirono nel secolo XVII. Molti però non fanno che seguire le tracce del Della Porta, che esercitò una grande influenza anche per aver corredata la sua opera con un atlante di pregevolissime figure; altri traducono e commentano gli antichi Aristotelici, altri tendono a dimostrare come l'appassionarsi alle ricerche fisionomiche non sia in opposizione ai precetti della Chiesa, e tentano di accordare l'indirizzo positivista col dogma. Se il Della Porta e il Grataroli non si influirono reciprocamente e le opere dell'uno furono sconosciute all'altro (dandoci così una prova che l'iniziarsi essi in questo genere di ricerche corrispondeva ad una personale curiosità di sapere e quasi ad una bizzarria), negli autori del sec. XVII invece vi è spiccata l'influenza reciproca, e si sente che esiste una Scuola, un indirizzo generale in relazione al rivolgimento fondamentale nell'indirizzo del pensiero per lo sviluppo rapido e rigoglioso di tutte le scienze naturali nel seicento.

È più spiccata la coscienza che la natura sia retta dalle leggi, e che l'uomo, in quanto è essere organico, è soggetto alle leggi fisiche.

Però anche in questo rinascimento scientifico rimane il concetto dualistico e i due elementi, spirito e corpo, se influenzabili a vicenda, rimangono pur tuttavia ben separati.

Senza prenderle in particolare esame citerò le opere dell'Ingegneri, del Finella, del Piccioli, del Pellegrino, del Gherardelli, del Claramonte, dello Spontoni, e fra gli stranieri del De la Chambre e del De la Bellière, dello Strygk, del Goelenio, dell'Elvezio, limitandomi all'esame di quelle del Fuchsius e del Niquetius, che rappresentano sufficientemente lo stato delle cognizioni del tempo sull'argomento.

Dell'Ingegneri, vescovo di Capo d'Istria, fu pubblicato dopo la sua morte un trattato sulla "Fisionomia naturale, nella quale con ragioni tolte dalla Filosofia, dalla Medicina e dalla Anatomia si dimostra come dalle parti del corpo umano, per la sua naturale complessione, si possa agevolmente congetturare quali sieno le inclinazioni e gli effetti dell'animo altrui,,. È edita in Roma, 1° marzo MDCVI. Una ristampa venne fatta, insieme alle opere del Della Porta, in Venezia da Nicolò Pezzana nel MDCLXVIII.

Il Finella Filippo dedicò allo stesso papa Urbano VIII la sua Fisonomia naturale (Napoli 1629). È notevole la tendenza speciale del Finella a dare un carattere pratico dell'applicazione del diritto penale alla scienza fisionomica e la prudente riservatezza che s'impone nei giudizi, insistendo sulla necessità che diversi caratteri abbiano a concorrere per stabilire il diagnostico: "...se, per es., si avrà i capelli di chi è da me stato giudicato per reo, non devi per questo segno determinare liberamente, senza far prima giudizio degli altri membri, perchè è necessario avere altri membri che concorrano a dichiarare la natura di quelli capelli che giudicati avevi; come se per caso eran rossi significavano empietà, crudeltà, malefici, devi perciò guardare il naso, la fronte, gli occhi e altri corrispondenti e poi deliberare,,.

Il Piccioli, nel De manus inspectione libri tres (Bergomi MDLXXXVII), tratta la Chiromanzia in modo scolastico, non è ancora spoglia dagli elementi astrologici del medio-evo.

Pellegrino Antonio ha una Fisionomia naturale, stampata in Venezia per Giov. De Ferri nell'anno MDXLV, e dovrebbe veramente essere accennato prima del Della Porta insieme al Grattaroli. Afferma concetti schiettamente positivisti quando dice: "E chiunque nasce porta seco dal primiero giorno le sue proprie e particolari inclinazioni, secondo le quali egli opera poi per tutto il tempo che egli vive sulla terra,,.

2. — Meriterebbe di essere più particolarmente studiato il Gheraldelli, che nella sua voluminosa Cefalogia flsionomica (Bologna MDCLXXIV), ebbe un successo grandissimo presso i contemporanei. Di essa vennero esaurite in pochi anni diverse edizioni.

A contribuire alla fortuna di quest'opera deve aver certo giovato la forma elegante, le digressioni filosofiche, sociali, estetiche, che con giusto criterio sa intercalare lungo la trattazione, e l'aver posto in testa ad ogni capitolo un sonetto parafrasante il distico latino che ne forma il soggetto, e le numerose incisioni di teste quasi sempre indovinate per l'efficacia della espressione mimica. Riporterò a titolo di saggio qualcuna delle pagine più originali di questo importante fisionomista. Ecco uno dei tanti sonetti posti sotto alle figure:

Non nigri aut albi, at mulier mediocris ocelli,

Prudens, fida, bonis moribus esse solet.

Dal meriggio fulgor ai bei splendori

   Sia, che l'occhio si abbagli e si confonda,

   Nelle tenèbre dei notturni orrori

   Sia che il mondo si perda e si diffonda;

Ma fra l'estremità di quei colori

   Un mezzo Sol di immensa lode abbonda,

   Che mescolando in sè quei varî errori

   Rende alla vista altrui luce gioconda.

O di Donna pudica occhio lucente

   Che la natura provvida compose

   D'un misto perfettissimo e fulgente.

Porti tu la Vertà ne i lampi ascose

   E la Sagacità d'alma prudente

   In te con larga mano il Ciel ripose.

Del Sig. Nonio Verace.

Questi sonetti sono di varî autori, letterati, accademici di professione e dilettanti, che si rivelavano cultori appassionati di Fisionomia.

"Della fisionomia dell'uomo. — Deca seconda. — Fra le parti del nostro corpo la fronte obbidientissima si mostra nel palesare gl'interni affetti dell'anima; a piedi di questa ardono di continuo le fiaccole nobilissime degli occhi, acciò più facilmente corrano ad incensarla, come oracolo del cuore, e la curiosità e la cognizione altrui, e acciò meglio si leggano in essa i decreti stampati della confessante natura. S'ingegni pur dunque chi vuole di mentir la propria fronte col fingerla ad arte ribelle e contumace a gl'interni commandi, che non gli riuscirà così di leggeri,

ond'hebbe a dir Tibullo all'Elegia 7 del 4° lib.: "hei mihi difficile est imitari gaudia falsa; difficile est tristi fingere mente iocum; nec bene mendaci risus componitur ore; nec bene sollecitus ebria verba sonant,, e Ovidio nel 2° delle Metamorfosi: "heu quod difficile est crimen non prodere vultu,,, perchè si conosce la frode e l'inganno; "sed tamen apparet dissimulatus amor,,, disse lo stesso nell'Epistola, si dee solo avvertire che l'inganno più facilmente può nascere nel giudice che nel giudizio semplicemente, perchè le note degli affetti dell'animo, le quali dalla fronte sono fatte palesi, allora sono ben note, quando non solo saranno conosciute distinte fra loro, ma ancora riunite col paragone; che questo mi persuado sia il più sodo fondamento possa esser per fabbricarne il fine intento sicuramente discorrerei dunque in questa guisa, la fronte grande per sè stessa potrebbe essere indizio di grande ingegno, perchè cinge gran copia di cervello, in ciò appunto misurandosi la virtù con la quantità, come parve accennasse Aristotele nel 2° de generat. animalium, cap. 7, nell'aver pronunciato che l'uomo ha più di cervello, proporzionabilmente però di quanti animali ci siano, e il maschio più della femmina, ma però se si considera la grandezza rilevante assai, in rispetto alla grandezza sì, ma moderata di quà e di là, dalla quale non può stare il retto, mostrerà esso e tardezza di moto e rozzezza di costumi, e la ragione è questa che l'anima si dichiara impotente e debole all'intendere, mentre è forzata con troppa malagevolezza adoprar istrumenti maggiori del dovere, troppo duri e malfatti, come quei che su una fronte sconciamente grande si contengono, stante, che con una smisurata grandezza l'argomento, che anco che l'accoppia un'insolita durezza, per la material composizione terrea e secca,,.

"Della fisonomia dell'huomo. De capegli rari. — Discorso quinto, Deca prima. — Quando Polimene dice che i capegli rari mostrano persone maligne, et ingannevoli, s'intende di quelli che tali non sono per vecchiezza, e che naturalmente hanno capegli assai, che perciò l'atto venereo gli abbia

cavato i danari dalla borsa, e i capegli dal capo. Considerazioni pure d'avvertirsi dalle persone d'honore. Et il simile per fondamento dal filosofo l'adduce il Porta nella Fisonomia terrestre dello struzzo, che è calvo e libidinoso. E Plinio con Opiano dicono sia di gran esito, e di moltissimo seme, e di calda complessione, che perciò digerisce il ferro.

Nel vecchio la calvitie mostra calidità temperata con soverchia siccità, e però in loro è la calvitie d'honore, come commandano le divine carte: "Consurgem coram capite calvo,,;

e quelli che per ischerno dissero contro Eliseo Profeta: "Ascende calve,,, furono da lui maledetti, e da gli orsi devorati.

Sopra li giovani calvi cade il biasimo, et il sospetto vehemente, che in essi sia stata vitiosa ragione della calvitie loro.

Noi abbiamo conosciuti molti giovani calvi, quali erano di statura ordinaria, con occhi non neri, ma tiranti al giallo, la carne loro era a modo vermiglia; la fronte spaziosa, per causa della calvezza, e nella quale come specchio di tutto il corpo dentro vi si leggevano l'infrascritte qualità: Cervelli astuti e di veloce immaginativa, colerici, sfacciati, pronti nel dire, et assidui nelle cose veneree. Là dove, perchè Socrate fu calvo, come scrivono Ammanio, Gioviniano e Girolamo da Zopiro, venne lussurioso giudicato. Fu Giulio Cesare calvo; per il che convenivale con molto disturbo sopportare le burle, e giuochi che li dicevano, e facevano i suoi malevoli. E quando gli fu dato la Corona dell'Alloro dal Senato e popolo romano, la portava sempre in capo, per coprire la calvizie. E quello che Svetonio dice di Cesare lasceremo da parte, per non invecchire una sì mala opinione contro giovani calvi, o a quali sieno rischiariti molto i capegli. E considerando la regola che abbiamo da principio proposta, come i spessi capegli sopra il capo dell'uomo lo indicano simile alle fiere selvaggie. Adunque saranno quelli di rari capegli mansueti e timorosi, e quelli di mezzana capigliatura verranno giudicati di costumi lodevoli, et honorati. "Optimum ergo signum, medium horum existit,,, dice Polemone. E Plinio nel 6° lib., cap. 13, dice che appresso gl'Hiperborei: "Tam viris quam feminis capillus probro est,,, e nel vecchio: "calvitium non est vitium, sed probitatis indicium,,, e tanto più quanto che il calvitio è solo proprio dell'homo, e non dei bruti, onde nel vecchio è segno d'animo retto e buono, e però degno d'honore e viceversa. E qui sta il fine di questo discorso,,.

Pareri d'alcuni altri scrittori.

"Capilli tenues et rari, frigidum ac sine viribus hominem ostendunt. Ex Alberto Magno de Animalibus: De paupertate sanguinis argunt; similiter hebetem, et pigrum; Et quando fuerint rariones, magis, subdolum, et asperum, ac lucri cupidum innuunt.

Refer timidati Barbarorum, ed Assyriorum avaritiae. Assyrii enim extra mensuram avari (Grattarola).

Capegli rari dimostrano huomo maligno, et ingannevole, come scrivono Polemone et Adamantio (Porta, pag. 161, fas. 2).

Non molto pelo e sottili, dimostrano temperata calidità, congiunta con soverchia siccità, e della siccità, che viene per cattivo temperamento, nasce il calvitio (Opinione de' Signori Medici),,

"Deca quarta. — Degli occhi delle donne. — Discorso decimo. — Ma per quanto appartiene alla ragion Fisicale, tutti sanno che quattro sono

gli humori corporali, la Flemma, la Malinconia, il Sangue e la Colera, secondo le quali quattro complessioni ovvero temperamenti sogliono gli uomini generarsi. E per lo più, o almeno molti abbondano più d'uno, che degli altri, secondo il quale si dà la denominazione alle persone, con dire il tale è di natura malinconico, quell'altro è molto flemmatico, quello è vehemente sanguigno, et il tale abbonda di bile grandissimamente. La malinconia fa la persona pigra, tarda nell'operare ed è molto contraria per la vita attiva sebbene vale per la specolativa. Il pituitoso rende le persone tanto fredde, che pajono insensate nei maneggi. Il sanguigno è ottimo per lo governo, per essere di dolce, soave, e svegliata inclinazione. Ma il bilioso porta dalle fasce tanto ardente furore, che non può star quieto colla quiete stessa, nè potrebbe haver pace con la stessa pace.

Insomma la pratica di queste quattro naturalezze di persone e tanto giornale, e così manifesta a' gli occhi di tutti, che qua non ci fa bisogno d'altre prove, che la sperienza stessa. Diciamo dunque se un huomo malinconico piglia per consorte una donna malinconica, che figli nasceranno da loro, come passerà il governo della casa il vedere i fatti suoi?

O che bel rubare haverà la servitù, con sicurezza di non essere colti sul corpo del delitto in mano. Se un pituitoso faccia matrimonio con una flemmatica, giudicate voi, tutta la loro entrata converrà spendere in fassine, solo saranno buoni di dire l'uno all'altro, fate voi, e credere a quanto gli diranno i Mastri di casa, li Fattori, gli Agricoltori, e tutta la servitù loro. Ma quando ambo saranno sanguigni, eccovi tradurre le vite loro in suoni, canti, festini, l'estate sollazzarsi per le campagne, l'inverno attendere a saturnali, et al governo di casa, chi vi ha da pensare vi pensa; e con un dire vogliamo così la parte nostra, et i nostri posteri ci pensino loro.

Due colerici poi insieme faranno esito tale, che bisognerebbe per tutti gli angoli della casa ci fossero bastoni, spade, e tutti li bellici strumenti.

Ma se uno sarà malinconico, pigliando una donna sanguinosa, molto bene uno tempererà l'humore dell'altro, et i parti nasceranno d'una temperatura mezzana, che sarà ottima in tutte le cose.

E lo stesso dicesi del flemmatico, il quale quando piglierà anche persona colerica, tutta volta il difetto del calore nell'uno con l'ecesso del calore nell'altro, commodamente si aggiusteranno fra loro, nella prosapia insieme; onde il Manso nel Paradosso secondo porta una tavoletta, portata da Marsilio Ficino nel convitto di Platone, che in questo modo insegnò: Il colerico colla colerica haverà corrispondenza alternata ma non durevole. Il colerico con la malinconia nessuna rispondenza, ma affanni. Il colerico con la flemmatica corrispondenza mezzana fra le loro vite, e nella prole sanguigno con colerica, corrispondenza alternata di rissa e di pace. Sanguigno con sanguigna perpetuo e non misero nodo. Sanguigno con flemmatica, corrispondenza buona, ma non durevole. Malinconico con malinconica di rado si legano, e legati mai si sciolgono. Malinconico con flemmatica, corrispondenza mala. Flemmatico con colerica, nissuna corrispondenza riceverà. Flemmatico con sanguigna, corrispondenza o niuna o poca,,.

E passiamo ad altri, chè queste citazioni sono più che sufficienti per dare un concetto dell'opera del Gherardelli.

3. — Claramonte Scipione, col De coniectandis cuisque moribus et latitantibus animi affectibus (Venezia MDCXXV), studia i temperamenti, la conformazione delle parti e il movimento del corpo.

Lo Spontoni, che abbiamo già citato per la parte astrologica contenuta nella sua operetta, non aggiunse nulla di nuovo a quanto fecero gli imitatori del Della Porta.

De la Chambre divide nell'Arte de connoistre les hommes (Amsterdam 1660) in due ordini le cause che determinano l'uomo all'azione. "Le interne sono le facoltà dell'anima, il temperamento, la struttura delle parti, l'età, la nascita nobile o vile, le abitudini tanto intellettuali che morali, le passioni le esterne sono i genitori, gli astri, il clima, le stagioni, gli alimenti, la buona o l'avversa fortuna, gli esempi, i consigli, i castighi ed i premii,,. È una esposizione dei fattori eziologici quale non si potrebbe desiderare più completa in un trattato moderno di psichiatria.

De la Bellière si avvicina agli autori del secolo XVIII. Dimostra molta coltura letteraria o storica nella sua Fisionomia ragionata o segreto curioso per conoscere le inclinazioni di ciascun nomo colle regole naturali (Lione MDCLXXXI).

Strigk è uno dei primi giureconsulti che applichino la fisionomia nella trattazione di opere giuridiche. È il Ferri nel '600. Scrivendo "De sponsalibus, nuptiis et separatione liberorum, de acquirendo rerum dominio. De jure mariti in bonis uxoris. De damno rebus alienis licite illato in extruendo,, fa delle considerazioni antropologiche e riprende il concetto che già era stato codificato dai longobardi che "quod dicobus vel pluribus ejusdem criminis accusatis, ille, qui melioris est physiognomiae innocentior abetur, adeo ut non facile torqueri possit,,.

Goelenio Rodolfo, professore in Amburgo, stampa nel 1652 una Fisiognomica et Chiromantica specialia (Hallios Saxonum).

Si dilunga maggiormente a rappresentare gli aggruppamenti dei caratteri che costituiscono i vari tipi criminali, piuttosto che ad esaminare particolarmente le singole parti del corpo. Avverte inoltre come da un solo segno non si possa dedurre la natura dell'uomo, ma sia necessario il concorso di molti. Rispondendo così a distanza di qualche secolo alle sciocche obbiezioni degli oppositori di Lombroso, che tentarono di gettar il ridicolo facendo credere che sopra un unico carattere, e spesso di secondaria importanza, volesse erigere la diagnosi di delinquenza specifica.

Elvezio Giovanni, col Microscopium physiognomiae medicum, id est tractatus de physiognomiae del 1676 (Waesbergios), si acquistò gran fama, quantunque la sua opera non abbia originalità alcuna.

4. — Samuele Fuchsius, di cui ho già tenuto parola nell'Archivio di Psichiatria, mi pare degno di speciale osservazione e credo di dover parlare con qualche larghezza della sua opera.

Porta nel frontispizio questa scritta:

"Samuelis FVCHSII cvs lino pomerani | metoposcopia et ophthalmoscopia | Argentina exudebat Theodosius Glaserus | sumptibus Pauli Ledertz | M.DC.XV,,.

Sono intercalate nel testo pregiate incisioni in rame, le quali in parte riproduciamo. Alcune di queste figure rappresentano tipi presi dal vero che hanno spiccati i caratteri degenerativi di cui si occupa l'A.; altre invece sono ritratti di principi buoni o malvagi, contemporanei o anteriori al Fuchsius, e di uomini eminenti, geniali; e starebbero a documentare la grande differenza che fisicamente si rincontra fra i diversi tipi morali.

Il lavoro del Fuchsius ha per la distribuzione della materia e per l'andamento generale l'aspetto di un vero trattato; è diviso in 34 capitoli; 15 appartengono alla Metoposcopia, 19 alla Oftalmologia ciascun capitolo è diviso in paragrafi o canoni, ed alla fine di ogni capitolo vi sono numerose notizie storiche sull'argomento, e le opinioni degli autori sono documentate Come si vede, il modo di procedere nella compilazione dell'opera non ha nulla da invidiare alla modernità. Lo stile del Fuchsius è quasi sempre ampolloso ed iperbolico da buon secentista, il latino non certo elegante, è talvolta oscuro.

In una prefazione al lettore, dopo una dedica all'Ill. ed Eccell. Principe Filippo II, Duca di Stettino, Pomerania ecc., ed ai Cavalieri Nicolao e Federico di Slesia, dà la ragione dell'opera: "Io esporrò,,, dice Fuchsius, "se non perfettamente, però almeno per quanto lo consentono le mie forze, in tutta la sua integrità la sostanza della Fisionomia. Se molti piangono Catone e Cesare come vittime dell'avversa fortuna, quanto sarà più conveniente investigare i destini dell'uman genere e provvedere in un modo quasi divino, quanta sceleraggine e quanta probità, ciascuno di noi porti rinchiuse in petto.

Frattanto addosserò alle mie spalle il trattato della Fisionomia, di cui pubblico la Metoposcopia e la Oftalmoscopia, ed insieme imploro dagli uomini dotti e forniti di alto ingegno che non vadano in collera, ma che porgano soccorso alla mia ignoranza, se per avventura cadrò in errore,,.

Entra poi subito in materia incominciando con un capitolo sulla natura e genere della Metoposcopia.

"Premete la voce, o mortali (traduco letteralmente), e custoditela col doppio riparo dei denti e delle labbra, pure per il secreto cammino della fronte l'animo vostro si mostrerà a nudo, senza il manto della finzione.

"Siccome lo specchio è l'indice della fronte, così per la stessa fronte, come in uno specchio, si manifesta l'immagine della mente. Come nel distico:

“Frontis ut est iudex speculum sic prorsus in ipsa Fronte, velut speculo, mentis imago patet,,.

“La fronte c’insegna tutto ciò che avviene nell’intimo dell’animo nostro,,.

Si chiama parlar chiaro questo, ed aver fede nella propria scienza! Nel Fuchsius è quasi spiegabile questa convinzione profonda, poichè vi è in lui qualche cosa di veramente geniale, profetico quasi. Sentite questo accenno al determinismo nelle azioni umane ed alla negazione del libero arbitrio:

“Prendiamo una legittima difesa del triste privilegio di mortali, per cui il delinquere e l’errare si annoverano fra le cose umane,,.

Quanta verità in questi passi:

“Molto possono fingersi il volto, nessuno la fronte.

Il corpo dell’uomo viene dalla Natura adattato in diverso modo, per servire alle diverse qualità dell’animo di ciascuno,,.

Come Lombroso studiò sulle scolture antiche e sui documenti artistici i caratteri antropologici delle personalità storiche, così il Fuchsius all’undecimo capoverso del secondo capitolo dice:

“Inoltre la efficace rappresentazione dei morti, per mezzo dell’arte della scoltura e della pittura, è certamente un insigne e nobile oggetto della Metoposcopia,,.

Prende poi a considerare le fronti nelle loro varie forme, e quantitativamente le divide in grandi e piccole:

“Da una piccola fronte non si aspetti che cosa esigua, piccola e femminea.

Il più delle volte la fortuna risponde, alle opere di coloro che hanno fronte piccola e di rado colla virtù percorrono il cammino che guida al tempio della fama e della gloria.

Sono i piccoli di fronte inclinati all'ira, desiderosi di vendetta, curiosi e affatto irrequieti, spesso grandi e piacevoli raccontatori di fiabe,,.

Non sono forse in costoro delineati gli imbecilli, nel senso psichiatrico della parola?

Continua: "La fronte lunga annunzia vigore a docilità d'ottimi sensi,,, mentre "il presagio di una fronte spaziosa sopra un naso ed un mento piccolo significa crudeltà in uomo pieno di furibonda ira,,. "La fronte angusta non annunzia mai cose sublimi, perocchè è segno d'uomo effeminato e marchio d'inerzia,,.

Ultimamente il Ferri, studiando il diametro minimo frontale, trovò che appunto i delinquenti maggiori (assassini, grassatori) dànno le cifre più basse.

Marro trovò pure minore nei delinquenti il diametro minimo frontale che non nei normali.

Le fronti più basse sono quelle dei ladri, degli oziosi e stupratori; è tipica la microcefalia frontale negli idioti. Fuchsius, coll'osservazione grossolana, limitata all'ispezione superficiale, ha prevenuto di circa tre secoli i risultati che ci diedero il compasso ed il metro.

Esamina quindi il Fuchsius "la fronte rotonda e quadrata elevata in giro o piana,,, e commenta: "Se la rotondità è smodata, c'insegna che vi agisce l'eccesso della collera poichè un uomo tale è soggetto a passioni colleriche, agli affanni, agli accidenti della crapula, per cui cadrà nella pazzia o nella frenesia,,. Qui vi è tutta quella catena di cause ed effetti, reciprocamente agenti, che costituisce molto spesso la intera esistenza del degenerato. "Di rado uomini di tal fatta, se non divennero frenetici, hanno fruito di placidi destini, specialmente se col crine assai folto uniscono le loro sopracciglia e di nera pelle circondano gli occhi. Perocchè o nell'onde esalarono l'animo contristato ed infelice, o al sicuro dall'onde muoiono di ferro, o spesso prendono il veleno,,.

In questo passo, oltre all'essere notevole l'osservazione dell'importanza degenerativa data alla foltezza del crine ed alle sopracciglie miste, è adombrata l'affinità fra la pazzia e il suicidio.

"La fronte quadrata appartiene alla specie leonina, ed indizio di grande virtù, di animo generoso, di nobile costanza,,. E reca bellissimi esemplari nei ritratti dei principi Maurizio, Nicola e Federico suoi protettori.

A costoro certo sono indirizzate le parole:

"Questi animi generosi rinunciano al desiderio dell'ignobile vendetta, e stimano d'aver più meritato col disprezzare che col ferire il nemico,,.

D'altra parte osserva che: "La fronte gibbosa eccessivamente convessa è indizio di stupidità e d'imprudenza e presenta l'immagine della fronte asinina,,. Il tipo di fronte asinina, che il Fuchsius ci offre nelle sue illustrazioni, è degno davvero di figurare in un atlante moderno per la riunione dei diversi caratteri degenerativi in un solo individuo che esso ci presenta. Ma dove l'A. ha un sapore di modernità e pare segua un metodo psicologico nell'esame dell'espressione mimica, è nel capitolo che tratta della fronte bella e deforme:

"Una fronte serena dinota una mente serena, ogni turbamento è generato dall'incostanza e dall'umiltà; una fronte placida porta testimonianza di una grande natura e si presenta quasi divina.

La fronte accigliata dinota gli audaci, gli iracondi, i terribili. Portano intorno la protervia dei molossi e dei tori cui assomigliano.

Alla fronte bella si oppone la deforme, come nei cani di caccia che assalgono il leone e gli animali feroci, e, se tale, è contraria alla maestà del volto: e ti verrà fatto di dire giustamente: Mostro in fronte, mostro nell'animo,,.

Questa coscienza così sicura del tipo criminale, poichè la mostruosità dell'animo nel Fuchsius equivale alla delinquenza congenita, la vediamo tuttora affermata nei popoli colle frasi: faccia da ladro, ceffo di assassino, muso da galera, ecc.

Il merito del Fuchsius sta nel coraggio, che a molti ancora odiernamente manca, di aver saputo trarre una conclusione teorica dalle proprie osservazioni di fatto, e di stamparla, assumendone le conseguenze. Molte cose, sulla verità delle quali la maggioranza ha pure una vaga intuizione, non possono venir chiaramente espresse o affermate, senza che quella stessa maggioranza si ribelli, prendendole, solo per la forma mutata, come invenzioni fantastiche, oppure contraddittorie coi proprî sentimenti, mentre non ne sono che la sintesi.

Il nostro autore tratta poi delle rughe della fronte, e ne fa osservare il loro carattere degenerativo se precocemente sviluppate. "Tanto gli uomini quanto i cavalli, generati dal seme di genitori sfiniti, portano, ancorchè non abbiano raggiunta l'età matura, il turpe marchio delle rughe,,. Ed ha un accenno all'Omega doloroso di Schüle, quando, parlando dei melanconici, dice: "Si presentano colla fronte contratta, per la molestia dei pensieri difficili, ed in ispecial modo in loro le rughe si estendono fino alla radice del naso,,.

E le rughe caratteristiche dei cretini microcefali sono tratteggiate al V paragrafo del capitol nono: "Se la fronte si corruga in altezza e la pelle è del continuo tirata in su, è indizio palese di stoltezza,,. Sottile e fina osservazione è quella sulla diversità tra la fronte rugosa e l'increspata: "Molti scrittori confondono la fronte rugosa coll'increspata (caperata), vi è invece questa differenza, che la fronte increspata in qualsivoglia uomo nasce e scompare, mentre la rugosa rimane perpetua ed immutabile,,.

Ma il Fuchsius, per quanto intelligente osservatore non poteva togliersi completamente dalle pastoie della Scolastica, e sottrarsi alle influenze dell'età sua, nella quale la magia, l'astrologia, la cabalistica, l'alchimia erano in onore.

Tratta quindi anch'egli come un chiromantico volgare delle linee di Saturno, del Sole, della Luna e di Mercurio, ecc., e vi consuma tre lunghi capitoli. Noi non lo seguiremo in quella corsa nella "Scienza divinatrice,,; maggior interesse presenterà l'esame della seconda parte del volume, dove si parla degli occhi.

5. — Il Fuchsius, allorchè nel principio della sua opera disse la fronte essere lo specchio dell'animo, andò troppo oltre coll'entusiasmo pel valore sintomatologico di questa nobile parte del viso, poichè gli mancò in seguito la frase adatta a caratterizzare la funzione importantissima, capitale che ha l'occhio nell'espressione della fisionomia. E

certo l'occhio più della fronte è suscettibile di indicare le sfumature delicate delle umane passioni, e il grado di intelligenza.

L'oftalmoscopia del Fuchsius non ha preamboli ed incomincia subito con una enumerazione delle diverse parti dell'occhio, le quali egli divide in sostanziali ed accidentali. Si intrattiene a parlare a lungo delle sopracciglia:

"Se le sopracciglia sono fornite di molti peli e tra loro congiunte, indicano gli empi, i ladri, i mendaci, gli omicida e tutti coloro che macchinano cose delittuose.

Di rado le sopracciglia prive di peli augurano cose buone, anzi manifestano, come appare nei fanciulli, costumi femminei ed imbecillità.

Inoltre le sopracciglia prive di peli spesso indicano lue venerea,,.

Le considera minutamente, spingendo fino agli estremi il concetto della specificazione espressiva:

"Le sopracciglia o sono in piano, o si estendono con una debole curvatura; quelle che si stendono in piano indicano tristezza ed inettitndine a grandi sforzi.

Le sopracciglia arcuate dinotano arroganza; se si elevano in alto con frequenti movimenti, iracondia ed audacia. Le sopracciglia, che si stendono in arco elevato, dinotano i capaci d'amore per bellezza, per ardore. Amano riamati e tollerano i placidi comandi di Venere, che li favorisce. Quelle che sono inflesse verso il naso spirano austerità,,.

Fa poi uno studio della zona mimica oculare parlando delle palpebre:

"Le palpebre che pendono languidamente ingrossate denotano i sonnolenti, se le palpebre rosseggiano, manifestano gli inverecondi,,.

Curiosi sono i seguenti canoni sulle pupille:

"La pupilla larga indica stoltezza, inettitudine e semplicità; la pupilla piccola, quando risplende negli occhi, manifesta un uomo astuto, scaltro, infame, libidinoso; le pupille moderate palesano probità d'animo e di costumi.

Se le orbite si muovono in giro inegualmente, indicano strazi, orribili delitti, pensati da un animo facinoroso,,.

Considera quindi in un capitolo speciale la grandezza degli occhi:

"Poichè dinotano pigrizia, ingegno inebetito e tardo, non approviamo gli occhi grandi. La natura diede ai buoi occhi grandi e gravi.

Se gli occhi grandi sono lividi, dinotano gli inverecondi, gli invidiosi e i crudeli.

Gli occhi piccoli indicano i pusillanimi, i timidi e gli avari; ma se gli occhi piccoli sono vivaci, sono meno da censurare che i grandi, perchè nell'occhio piccolo c'è maggior forza visiva,,.

Parla poi del colore dell'iride:

"Questa, posta fra la pupilla ed il bianco dell'occhio, è tanto varia nell'uomo e nel cavallo, quanto è costante e di un sol coloro in tutti gli altri animali, secondo la specie di ciascuno di essi.

Tutti i fanciulli hanno gli occhi chiari, ma col crescere degli anni trovano il proprio colore, che per sempre mantengono. Se gli occhi sono molto neri, manifestano timidità ed inganni. Il color d'acqua manifesta gli stolti e i semplici. Il color biondo palesa i coraggiosi e i robusti,,.

Tratta delle deviazioni della norma (anomalie pigmentarie), riconoscendone il significato degenerativo:

"Quelli in cui il diverso colore degli occhi è screziato come da piccole margherite, sono omicidi, traditori infidi, senza rispetto nè verso gli uomini, nè verso Dio,,.

Non gli sfugge il cercine episclerale come fenomeno di senilità precoce e di involuzione.

"Che se circoli bianchi appaiono negli occhi, dirai che pronosticano imbecillità,,.

E nello strabismo rileva un sintomo di grande importanza (Lombroso 10% nei criminali):

"Gli occhi poi affetti da strabismo, aridi, larghi e tremanti, palesano uomini malefici ed oltremodo audaci; così gli occhi loschi e da natura mal formati. Dagli occhi loschi si discernono i costumi e le opere losche,,.

Sul movimento degli occhi fa numerose considerazioni:

"Nei buoni cervelli gli occhi non irrigidiscono, nè ruotano o guardano al basso, ma temperati dal freno della modestia, tengono una giusta misura, nella quale sta impresso il vestigio della tranquillità, il peso della gravità, l'apparenza dell'autorità, e si muovono schiettamente ed ordinatamente.

Gli occhi inquieti, aggirantisi all'intorno umidi, palesano tacite fiamme d'amore, gli inclinati ai giuochi, alle delizie, i desiderosi di Venere.

Gli occhi poi volubili, scintillanti per una certa ignea trasparenza, minacciano rapacità, crudeltà e ladroneggi,,.

E come è bene tratteggiato l'occhio stuporoso:

"Gli occhi rigidi ed a lungo aperti, dinotano i cogitabondi, sia che li abbia attratti l'ammirazione di qualche cosa, sia che così li riduca il pentimento di qualche azione trista da essi commessa,,.

Ma dove il Fuchsius precorre davvero i tempi, ed intuisce quello che Lombroso tre secoli dopo doveva splendidamente dimostrare, è nel capitolo sedicesimo, dove accenna alla identità fra la epilessia e la delinquenza:

"Gli occhi che guardano in alto spesso palesano ubbriachezza e il morbo sacro (epilessia). Quelli che tremuli si volgono in alto con maggior certezza predicono il morbo sacro e sembrano propri dell'uomo inumano, d'ingegno invidioso e dell'omicida.

Sursum vergentes et tremuli certius sacrum morbum praedicunt, visi sunt inhumani, invidentis ingeni et homicidae,,.

Dopo aver discorso degli occhi fermi che "manifestano l'avaro e chi è intento a qualsiasi lucro,,, si finisce con una enumerazione che è una vera pittura delle modificazioni che negli stati affettivi e passionali può assumere l'espressione degli occhi:

"Siccome nel gaudio la fronte si estende, gli occhi risplendono di serenità, od anche in una improvvisa e irrequieta passione assiderati versano lagrime, così nella tristezza la fronte rugosa, increspata ed oscura, contrae le sopracciglia, offusca lo splendore degli occhi:

I segni dell'amore sono gli occhi languidi, anche torti, socchiusi e che placidamente contemplano. Che se la fiamma amorosa sempre più divampa, e prende forze maggiori, le lagrime spesso cadono involontariamente, mentre si teme che l'amore nascosto sia scoperto dai riguardanti.

Nell'odio gli occhi e tutto quanto il volto spirano crudeltà; gli occhi torvi, spinti in fuori e che guardano qua e là, si attribuiscono agli invidiosi. L'invidia è la radice di tutti i mali, la sorgente delle stragi, il semenzaio dei delitti, la materia delle colpe. Quindi il volto è minaccioso, l'aspetto torvo, la faccia pallida, le labbra tremanti: vi è stridore dei denti, parole rapide, insulti sfrenati, la mano pronta alla violenza ed alla strage, sebbene non fornita di spada, ma armata dell'odio di una mente furibonda. Gli invidiosi sono pallidi, hanno gli occhi abbassati e depressi; la loro mente si accende, le membra irrigidiscono, c'è la rabbia nel pensiero,,.

E finisce col toccare di un presagio di morte:

"Se in una malattia acuta l'occhio si indebolisce, e nel chiudersi vacilla, porge il presagio di una morte imminente,,.

6. — Pure meritevole di un particolarizzato esame è l'opera di O. Niquezio, nella quale si trova una percezione più esatta in consonanza con le più recenti scoperte della psicologia e della psichiatria. Il volume appartiene alla Biblioteca di Brera in Milano, e per chi volesse consultarlo, al catalogo è segnato B. XV. 5. 932.

Non è mia intenzione di farne qui un sommario, accennerò solo a qualche passo, a dimostrazione della genialità dell'autore e dell'abbondanza di materiali che si possono negli antichi rintracciare per servire ad una vera introduzione storica della Scuola Lombrosiana.

Il volume ha questa intestazione:

"R. P. Honorati Niquetii e Societate Jesu Sacerdotis Theologi Physiognomia humana libris IV, distincta. — Editio prima. Lugduni. Sumptibus Hered. Petri. Prost. Philippi Barde et Laurentii Arnaud M.DC.XLVIII,,.

L'autore è dunque un padre della Compagnia di Gesù, un prete cattolico, depositario e rappresentante della scienza ufficiale del tempo, educatore di nobili e di principi, autorevole presso gran parte dei Governi e delle Corti europee. Una persona, come si vede, molto seria, che non si deve essere lasciata andare a sbizzarrirsi su congetture puerili, nè a contrastare alle opinioni dominanti del secolo.

Ma è tanto più significante che un gesuita, che ha per divisa la cieca obbedienza al dogma e che non ammette il libero esame, sorgesse per l'appunto a commentare ed a studiare appassionatamente la Fisiognomica, che anche secondo l'interpretazione dell'epoca, doveva nelle sue applicazioni pratiche togliere o diminuire il concetto di responsabilità e di libero arbitrio, cardini di un sistema religioso che promette premi e che minaccia castighi. E il Niquezio non solo raccoglie quanto sull'argomento gli è venuto a conoscenza nelle opere degli antichi, ma vi aggiunge osservazioni, documenti ed esperienze proprie, e cerca, con un tentativo che ai nostri giorni abbiamo visto ripetersi per le teoriche dell'evoluzione, di mettere in accordo, di conciliare i dati dell'esperimento e della scienza fisiognomica col dogma della rivelazione e colle Sacre Scritture.

Nella prefazione il Niquezio confessa che da giovane era stato colpito dalla lettura della Fisiognomica di Aristotele; ma che pur troppo aveva abbandonato poi ogni cogitazione sull'argomento; quando in Roma da erudito sane viro animatus ha ripreso il lavoro per correggere la vanità di coloro che si mostravano sprezzanti di quest'arte curiosa e per condurli allo studio degli arcani della natura.

È una vera missione che egli si prefigge e dimostra una sincerità di intento, rara in genere nelle opere scolastiche di quel tempo.

Egli non capisce, per esempio, come si possano trarre dei precetti in medicina senza essere valenti nelle congetture e nello studio della Fisionomia. Precisamente come si potrebbe oggigiorno lamentare la mancanza di mia coltura psichiatrica, che in tanti casi potrebbe salvare il medico e il chirurgo da errori diagnostici.

Fa dapprima un sunto di tutto il trattato di Aristotile, che è il gran maestro di questa scienza. Si adopera quindi a provare come la Fisiognomica sia inconsapevolmente già tratteggiata nelle Sacre Scritture.

Accennerò a qualcuna delle fonti citate:

Isaia, 30: "Agnitio vnltus eorum respondet eis,,.

Hieronymus: "Sapientia hominis lucet in vultu ejus,,.

Ecclesiastici, 13: "Ex visu cognoscitur vir et ab occursii faciei cognoscitur sensatus; amictus corporis et dentium risus et incessus hominis ennnciant de illo,,.

Ecclesiastici, 26: "Fornicatio mulieris in extollentia oculorum et in palpebris illius coguoscetur„.

Ambrosius, lib. 6, Hexaeron, cap. 4: "Imago quaedam animi loquitur in vultu„.

E seguita con numerose citazioni a provare il suo asserto: non essere l'essenza della Fisiognomica sconosciuta, nè condannata dagli scrittori sacri.

Dà una definizione della scienza di cui tratta, che potrebbe benissimo servire per la Antropologia criminale. Eccola: "La fisiognomica è la facoltà speculativa che per mezzo dei segni fissati nel corpo, apparenti o noti, argomenta le passioni naturali e le propensioni degli uomini„.

"E le affezioni che il fisionomo può rintracciare non si possono mutare od abolire; che se alcuno è stupido di natura non potrà forzatamente acuire l'ingegno„. Vera intuizione della facoltà e del determinismo delle azioni umane. Dimostra l'utilità e la nobiltà di queste indagini:

"Se fu celebrato sempre il detto di Apollo: nasce te ipsum, tanto maggior elogio dovremo dare alla Fisiognomica che per un retto sentiero ci introduce alla conoscenza di noi stessi. Utile per l'educazione dei fanciulli, nelle relazioni colla comunità, ad esercitare la moderazione di sè e degli altri„.

Combatte gli oppositori e coloro che le negano il valore e la scienza, perchè di molte cose non sa dar ragione delle quali solo l'esperienza parla in favore.

"E il fisico„ dice, "non ha forse molte cose di cui ignora le cause? Delle quali solo ha fatto esperienza? Perchè il magnete attira il ferro? Alberto Magno nelle meraviglie del mondo dice osservi cose che, manifeste ai sensi, hanno oscura la loro ragione, altre la cui essenza è ovvia e palese, e sono invece oscure ai sensi„.

Entrando poscia nel cuore dell'argomento consiglia di trarre i segni più certi dalle parti alte del corpo: Capo, torace, braccia. "Nel capo come in una rocca tutti i ministeri dei sensi sono costituiti e di là si parte ogni moto; il petto domicilio del cuore, che è la prima radice della vita e la fonte del calore innato„. Mette però in guardia contro le conclusioni troppo precipitate, sì che "non uni signo credendum„.

"La stessa pazzia (Phrenesis), che è una malattia dell'anima, nasce da cattiva predisposizione degli organi, la quale se si potrà togliere per avventura in forza del medicamento, vedremo pur la pazzia sparire„. "Simia omnium belvarum ingeniosissima, cui humanae rationis particula videtur indita, corporis humani conformatione aemulatur, faciem, aures, dentes, cilium in utraque palpebra, manus digitos, pedes ungues hominis more habens„. Fa qui dell'anatomia comparata, e poco più avanti il nostro autore intuisce esattamente l'evoluzione del sistema nervoso, affermando che se l'uomo ha la ragione è perché maximam cerebri copiam habet„ e fra gli animali "quo plus rationi accedunt, ut simia, plus quoque cerebri possident„.

V'è tanto da scandolizzare un buon credente antidarwinista.

Ma Niquezio non è esclusivista; se il fisico influisce sul morale ha pure osservato quanta parte questo abbia sul fisico e ci tratteggia una fisiologia delle emozioni "Il corpo resta influenzato dall'anima; nell'ira il cuore palpita, il corpo trema, la lingua balbetta, la faccia s'accende, gli occhi si infiammano, i denti si aguzzano, le labbra si mordono„„ "motui animae semper similes in corpore motus respondent„.

Ha un capitolo intero sulle somiglianze fisognomiche degli uomini cogli animali, parte questa già ampiamente trattata da Aristotile e ripresa da fisionomisti del 500. Mi fermerò solo alle note che si possono ritenere originali di Nequizio e specialmente a capitolo IX, dove imprende a parlare delle diversità dei caratteri anatomici e funzionali, e delle caratteristiche psichiche degli uomini e delle donne.

La dimostrazione della inferiorità della donna e specialmente della sua minore sensibilità, che si era ritenuta leggendariamente più squisita per opera di romanzieri, poeti e fisiologi conferenzieri per il pubblico femminile, è opera tutta moderna e non venne acclamata nel mondo scientifico che per l'opera insigne di Lombroso e Ferrero nel 1894.

Ora sentite Niquezio come svolge questo tema e giudicate se il gesuita del seicento non fosse assai meglio illuminato nelle sue osservazioni di quello che non lo siano stato tanti moderni:

"Si mulier virili forma praedita sit, virilibus quoque moribus affecta auguretur,,. Incomincia dunque col porre nettamente la questione che le manifestazioni intellettuali della donna sono in essa fissate dalle particolarità anatomiche:

"L'uomo di grande corpo, d'ampio capo, di duri capelli, di collo largo, arcuato sopracciglio, grande occhio e splendido, volto vivido e colorito, carne dura e secca, estremità del corpo grandi e nervose, più sviluppato negli arti superiori, voce grave, è di vita più lunga,,. Seguono molti esempi di forza nel maschio negli animali, e persino nel regno vegetale.

"La femmina è di minor statura, di capo più piccolo, di faccia più stretta, lunga, collo sottile, mento rotondo, di dorso debole, di piccole braccia, nelle mani e nei piedi e in tutto il corpo poco nervosa (tendini), meno muscolosa, meno atta alla lotta, meno pesante, meno dura e meno rossa, e di più breve vita, ha le gambe invece più grosse ed invecchia più presto,,.

"L'uomo è costante, temperato, generoso, intrepido, pugnace, audace, giusto, avido di vittoria, atto ad imparar discipline ed arti. La femmina timida, invida, insidiosa, fraudolenta, all'ira propensa, molle, delicata, misericordiosa, vereconda, avara, cupida di piaceri, querula, loquace,,.

E questo, dice Niquezio, è il frutto dell'esperienza. Si vede che il geniale padre della Compagnia di Gesù aveva potuto fare una profonda conoscenza col sesso debole.

"Negli uomini,, continua, "più il maschio che la femmina ha raggiunto col maggior sviluppo del capo una magnitudinem cerebri, che è illustre domicilium principalium operationum, quali l'intelligenza, la memoria, l'immaginazione; ed è perciò che l'uomo è più idoneo della donna ad acquistare il sapere ed a professar la virtù. Ubi major cerebri copia, et esquisitius conformatum organum rationis ratio quoque praepollet. E in vero quella che fu sedotta fu Eva e non l'uomo,,.

Nella donna all'ingegno si sostituisce l'astuzia. "Quod igitur aperto Marte non potest, cuniculis aggreditur, insidiatur, invidet,,.

"La donna è crudele perchè per la diuturna dissimulazione trattiene il veleno nell'animo, che erutta poi quando le si presenta l'opportunità,,.

Intorno a questo punto, che sostenuto dal Lombroso ha destato un vero vespaio di discussioni e le proteste del mondo femminile, sentite se non vi pare di udire nelle parole di Niquezio la traduzione di un passo della Donna delinquente di Lombroso e Ferrero:

"Crudelis quando inserbuerit odium, nam alioquin innatae misericordiae in ea laudabiliter et gloriose effiorescunt; pavida quippe est a debilitate naturae, hinc autem fit ut ejus animus tenerescat".

Nota pure la sua fragilità nelle cose sessuali e la sua avarizia "quia propter virium, ingenique penuriam semper timet ac diffidit,,. E finisce il capitolo con un'osservazione morelliana sulle degenerazioni famigliari, facendo notare che le famiglie colpite dalla disgrazia divina hanno figli soltanto di sesso femminile.

Troppo lungo sarebbe lo spigolare nel grosso volume tutti gli accenni interessanti di osservazioni fisiognomiche, anatomiche, psicologiche che il Niquezio espone. Mi pare che da quel poco che ho detto risulti evidente l'importanza di questo libro, e il valore che esso acquista nella storia dell'evoluzione del pensiero scientifico di cui ci occupiamo.

Capitolo V.

Frenologi e Psichiatri

1. La fine del 700. — 2. Lavater. - Fisionomia e Cranioscopia. — 3. Gall. - I principî della frenologia. - La criminalità secondo Gall e Lombroso. - Collaboratori e seguaci di Gall. — 4. Il concetto di degenerazione e le scuole psichiatriche. - L'opera di B. A. Morel.

1. — Nella seconda metà del 1700 gli studi fisionomici ed antropologici vennero assumendo uno straordinario sviluppo ed entrarono trionfalmente a far parte dell'insegnamento universitario nelle Scuole di Medicina e di Filosofia. I nomi di Lavater e di Gall debbono essere segnati a caratteri d'oro fra i precursori della Antropologia criminale non solo, ma degli studi positivi in genere; essi riuscirono ad essere dei veri innovatori che hanno gettato un seme fecondo di meravigliose applicazioni, contenente una forza di progressiva evoluzione straordinaria.

Poichè Lavater informò l'opera sua al principio sperimentale dell'osservazione diretta, cui provvedeva una inesauribile energia di lavoro e un entusiasmo d'apostolo, disegnando colla sapiente e infaticabile sua matita un enorme materiale fisionomico, sovra cui eresse il tentativo di classificare gli uomini in diverse categorie, distinguendole l'una dall'altra per mezzo dei caratteri esteriori. E l'aver accennato in modo sicuro all'esistenza dei vari tipi umani e l'aver dato un cospicuo contributo allo studio positivo di essi, è un vanto che gli ulteriori progressi della scienza non gli potranno mai togliere. E che della Antropologia criminale possa e debba essere considerato uno dei fattori, basterebbero le sue idee sugli istinti e sull'educazione, e le sue opinioni sul libero arbitrio, che lo pongono nel cuore della filosofia contemporanea e ne fanno un convinto determinista.

L'opera di Gall, dopo un periodo di successo immenso, generale, dopo aver tenuto per anni lo scettro nella fisiologia cerebrale, parve crollare a completa rovina. L'edificio dei frenologisti, per opera specialmente di Flourens, che aveva creduto dimostrare che tutte le parti del cervello fossero equivalenti nelle loro funzioni e che potessero perciò reciprocamente supplirsi, parve distrutta. Alla fortuna di questa demolizione provvedevano anche le preoccupazioni dei metafisici che salutarono Flourens quale salvatore dell'anima. Ma quanto di vero si conteneva nelle concezioni di Gall rifulse di luce meridiana colle nuove conquiste dell'anatomia patologica e della clinica. Ora è tempo gli sia fatta giustizia e si riconosca in Gall una profonda intuizione.

Perchè Gall dall'anatomia comparata aveva tratto il principio che la tunica cerebrale fosse il substrato anatomico delle funzioni psichiche, e che le fibre dei nervi della sostanza grigia si irradiassero nell'asse cerebro-spinale e nei gangli centrali; d'onde il sistema delle proiezioni, ripreso poi dal Luys e dal Meynert. Gall coll'intuizione del genio trasse la conclusione che i singoli territori corticali potessero essere i substrati anatomici di complicati processi cerebrali. Egli avendo mostrato come i sentimenti, gli atti, l'intelligenza, tutto l'uomo morale si trova localizzato nel cervello, e che ogni facoltà di un essere animato deriva dal suo organismo, va posto fra i più saldi e memorabili precursori della psicologia moderna.

2. — Giangasparo Lavater nacque in Zurigo il 15 novembre del 1741 e vi morì nel 1801. Per aver un'idea del suo carattere, dell'amore alla sua scienza, dell'entusiasmo che egli poneva nelle sue ricerche, basterà riportare quanto di lui lasciò scritto il Foscolo: "Era fra questi preti fanatici il buon Lavater, celebre pel suo librone tutto belle figure della fisonomia: e perchè era bel parlatore e caldo e soave e d'angelico animo verso i poveri, e fantasioso femminilmente e inoltre galante con le signore, s'è acquistato fama di profeta in Zurigo sua patria, ed infamia di impostore. E vidi assai case piene de' suoi ritratti, e donne, vecchie matrone, che per unica biblioteca avevano da quasi cento volumi di opere del solo Lavater..... Questo innocente entusiasta perì martire del suo buon cuore; perchè quando nel 1799 i russi e i francesi combattevano dentro Zurigo, egli, senza importargli che gli uni fossero papisti e gli altri scismatici e tutti quanti bestie arrabbiate, andava soccorrendo feriti e moribondi, e scongiurando che l'uomo non trucidasse l'uomo, tantochè fu insanabilmente ferito è morì come visse,,.

L'opera maggiore di Lavater è la Physionomische fragmente zur Beförderung der Menschenkenntniss und Menshcenliebe (Leipzig 1775), tradotta poi in francese e inglese, ricca di 500 e più tavole, che sono il maggior materiale grafico di fisionomica che sia stato pubblicato.

Il linguaggio usato da Lavater non si può certo dire scientifico, portato come era dal suo temperamento artistico a scrivere, come bene osserva il Mantegazza (Fisonomia e Mimica. Ill. Dumolard, 1889): "coll'amore e colla fede, e il sentimento lo accende tanto da fargli ad ogni passo intuonare inni d'ammirazione per la bocca, che è tanta parte dell'uomo, per Domeneddio, che ha fatto l'uomo così bello, per le donne che sono la benedizione della vita; insomma per ogni cosa che cade sotto i suoi occhi innamorati,,.

Ma egli ha pure fissato il costante rapporto tra la forma solida delle parti e le interne disposizioni dell'animo, egli ha pure detto che il corpo umano può esser riguardato come una pianta in cui ogni parte presenta i caratteri del tronco, che ciascuna porzione di un tutto organico porta i caratteri dell'insieme; il dito di un uomo non potrebbe essere accomodato alla mano di un altro; il più piccolo insetto come il più sublime degli uomini è l'opera di un sol getto, e tutte le sue parti sono in mutuo rapporto perchè la natura non fa dei mosaici. Lavater ha per fondamento, e si noti che i detrattori della Antropologia criminale vollero negarlo anche al Lombroso, che lo ha sempre ritenuto come fondamentalmente essenziale, di non trarre gli indizi da una sola parte dell'uomo, ma di esaminarle tutte e di studiarne i rapporti di causalità, di successione, di concomitanza.

Lavater e Lombroso, negli esami fisionomici, si tennero sempre al principio che in un individuo tutto è armonico, omogeneo, e proclamarono come segni patagnomonici di alcune disposizioni quelle forme che, senza alcun preconcetto, videro con una determinata costanza essere offerti da speciali entità psicologiche. L'esperienza guidò l'uno e l'altro, quell'esperienza che il volgo si compiace negare allo scienziato, e di cui però tien calcolo incoscientemente esso pure, poichè sa che non sono chimeriche le differenze che esistono, per esempio, fra la mentalità e la fisonomia di un cretino delle Alpi e Leonardo da Vinci, o fra quelle di un assassino e di un santo.

Un metodo particolare usato da Lavater, forse ora caduto ingiustamente in disuso, fu quello dello studio della Silhouette, ovvero dell'immagine disegnata dall'ombra che proietta un corpo sopra una superficie bianca opposta ad una viva luce. Lavater afferma che gli fu di grande soccorso questo studio della Silhouette, perchè essa è originata dalle parti scheletriche e fisse, eccettuate le labbra. La fronte dà un indizio della capacità intellettuale, il passaggio dalla fronte al naso rivela l'uomo pensatore, il coraggioso, il burbero, ecc.; il naso indica il gusto e certe attitudini passionali, il labbro superiore accenna a tendenze dominatrici del carattere, la bocca intera l'amore, l'odio, la modestia; il collo e la nuca la forza fisica, le inclinazioni brutali, la pieghevolezza o l'inflessibilità.

Lavater, prima che Camper rivelasse la misura dell'angolo facciale, diede importanza, ad un angolo di profilo tratto appunto dallo studio delle silhouette e costituito da una linea che partiva dalla punta del naso verso l'angolo esterno dell'occhio, e l'altra dalla stessa punta all'angolo della bocca corrispondente al primo molare. Egli trovò che l'acutezza di quest'angolo stava in ragione inversa dello sviluppo intellettivo.

Il cranio, non solo per Gall ma anche per Lavater, contrariamente a quanto si potrebbe ritenere per la erronea tradizione che ne fece più che uno scienziato, un artista, costituì la parte più importante nello studio fisionomico, e la cranioscopia fu da Lavater ritenuta come un ramo principale della fisionomica.

In questa parte Lavater giunse a determinare ciò che venne riconfermato dagli studi ulteriori, che nella parte anteriore e inferiore della fronte si manifestano le facoltà percettive ed intellettuali, che nelle regioni laterali temporo-parietali si possono avere indizi delle facoltà sentimentali e motrici.

Coltivò pure la Fisionomia comparata e lasciò scritto "che la Natura segue leggi invariabili ed ha un sol prototipo per tutte le sue produzioni, ossia si riscontrano sempre le medesime forme in esseri dotati delle medesime forze,,.

Lo studio somatico dei bruti, in rapporto alle loro qualità psicologiche, è stato modernamente troppo trascurato, e questa è una lacuna nella abbondante produzione della Nuova Scuola.

Occorrerebbe rifare, con metodo e coi sussidi portati dalle nuove scoperte, tutto ciò che pure dagli antichi fu intravvisto in questo senso. Le Georgiche di Virgilio sono piene di precetti fisionomici per conoscere la bontà dei puledri, degli agnelli, dei cani, ecc. Nel linguaggio comune non è senza significazione quando si dice: Fronte leonina, collo toroso, naso da scimmia, naso aquilino, orecchie asinine, occhi di lince o di grifo, sguardo da civetta, mascella d'asino, pelo d'orso, ventre bovino, gambe da levriero, piede d'oca, ecc. Molte inclinazioni comuni all'uomo ed al bruto si manifestano nelle stesse regioni cogli stessi segni.

Ma Lavater fu dotato sopratutto della precipua qualità che necessita ad un fisionomista: di una penetrazione profonda, rapida, di un'induzione istintiva, per cui un carattere intero è rivelato dalla percezione incosciente di un sintomo, di un segno caratteristico; possedeva quel tatto che Giulio Cesare, Napoleone, ecc., i grandi uomini di azione ebbero in grado eminente a maneggiar gli uomini e trarli al compimento dei loro disegni. Lavater non fu certo uomo d'azione, ma ebbe di questi, collo studio, ad acquistare la sicurezza di giudizio, l'infallibilità nel pronostico delle azioni umane.

Riassumendo l'opera di Lavater, si ha una vera guida all'esame somatico e psichico che può anche oggi servire all'antropologo-criminale od all'alienista, e per quanto imperfetta potrebbe lodevolmente trovar posto in un trattato di Semeiotica moderna.

3. — Gall nacque nel 1758 a Tiefenbrun nel Granducato di Baden, studiò medicina e si applicò con ardore agli studi anatomici e psicologici, e dotato di uno spirito acutissimo d'osservazione, dall'aver egli constatato che a certe forme di cranio riscontrate nei suoi colleghi ed amici corrispondeva una portentosa memoria, sospettò congenite e dipendenti dalla struttura anatomica le varie facoltà dell'anima umana e si propose di dimostrarlo, perseverando, per molti anni di studio e di ricerche, a determinare le funzioni del cervello in generale e quelle delle sue diverse parti.

Venne alla conclusione che "il cervello non è un organo unico, ma bensì un complesso di tanti organi speciali quante sono le facoltà che si riconoscono agire in un dato individuo„.

La tesi era esposta in modo troppo assoluto e le localizzazioni cerebrali, quali vengono attualmente designate dalla fisiologia e dalla clinica, non hanno certo più nulla di comune con quelle in discorso; ma il principio fondamentale era sano e vitale e resistette sotto i colpi reiterati degli oppositori.

Gall riunì un gran numero di ritratti, di busti, di medaglioni, di crani che appartenevano a uomini dotati di facoltà particolari, di virtù o di vizi, a formarne un vero museo. Sopra questo materiale intraprese un corso di lezioni in Vienna nel 1796. Ma le sue teorie parvero pericolose e rivoluzionarie agli uomini di governo, per il rapido successo ottenuto, per cui finì collo abbandonare un ambiente troppo conservatore e misoneista come quello di Vienna, e nel 1807 si recò definitivamente a Parigi ove acquistò popolarità grandissima e mosse ammiratori ferventi e critici spietati a combattimenti accaniti.

Cercherò di riassumere, senza dilungarmi nella esposizione dell'intero sistema di Gall, i principî su cui si fondava la Frenologia.

Le circonvoluzioni cerebrali nel loro sviluppo esercitano contro la calotta cranica una pressione che determina la forma che si riscontra all'esterno di essa. Dall'ispezione delle protuberanze si può distinguere qual parte del cervello sia la più sviluppata e conseguentemente quali facoltà debbano ritenersi più attive ed energiche.

La quantità e la disposizione delle circonvoluzioni cerebrali trovate diverse in ogni individuo, sono per Gall un contrassegno sufficiente per ritenere ciascuna di queste circonvoluzioni capace di eseguire per sè stessa la funzione di organo.

Risultando che l'impedito sviluppo di alcune parti di cervello è sempre accompagnato da lesioni variabili nelle funzioni intellettuali e locomotrici, si deduce che tutte queste parti siano realmente destinate a prestare l'ufficio di organi speciali per ciascuna di esse funzioni. Lo sviluppo e la consolidazione del tessuto osseo che protegge il cervello sono del tutto dipendenti dal formarsi e svilupparsi dell'organismo stesso su cui l'ossatura deve modellarsi.

Topograficamente i 27 organi o strumenti delle nostre varie facoltà erano così distribuiti: Da ciascun lato della base del cervello si trovano collocate le tendenze comuni a tutti gli animali, tendenze che sono condizione essenziale all'esistenza dell'individuo ed alla conservazione della specie. Nella parte media temporo-parietale localizzava i sentimenti comuni all'uomo ed a certi animali superiori nell'anteriore o frontale riponeva le facoltà puramente intellettuali.

Non è il caso di dire che tutto questo edificio di localizzazione delle facoltà non si regge, ma fu un portato del tentativo lodevolissimo di voler dare base anatomica al pensiero, fu l'intravvedere la verità sinteticamente e senza averne ancora i materiali per scendere ad un'analisi coscienziosa. Era del resto giustificato Gall, in questo suo procedimento, dalle scuole imperanti di filosofia, che cogli schemi convenzionali, artificiosi, gareggiavano a sminuzzare la teoria delle facoltà di Wolff fino ad un semplicismo ridicolo, quale però gli alienisti della metà del secolo ed anche più oltre rimisero di moda colle monomanie.

Gall divideva il cervello in altrettante sezioni indipendenti ed autonome, come i filosofi intellettualisti dividevano la coscienza in facoltà che ritenevano vere forze ed energie. Però, come dissi, Gall è grande anche col suo edificio sfasciato, perchè, se non come egli riteneva, certo contribuì valorosamente a diffondere una grande verità che tutto l'uomo morale si trova localizzato nel cervello.

È naturale che Gall abbia riguardata la Criminalità da un punto di vista nuovo e molto vicino a quello della Scuola antropologica. Come per tutte le altre funzioni e facoltà; così per il delitto esistono, secondo Gall, organi e caratteri speciali. Egli osservò e studiò gran numero di criminali, di frequentatori per querele dei tribunali, e credette di avere scoperto l'organo della rissa e della lite. Più specificate sono le sue osservazioni craniologiche sugli omicidi. La differenza fra l'omicida e l'uomo normale si conosce per i medesimi caratteri per cui si può distinguere il cranio di un animale carnivoro da uno erbivoro. Più la parte posteriore del cranio, elevata una perpendicolare dal meato uditivo, supera quella anteriore, più l'uomo avrà istinti da animale carnivoro. Considera il problema della Criminalità colle vedute veramente moderne, anzi come non sono ancora giunti i legislatori a considerarlo. Nella sua opera si trovano, per es., queste parole "Più le inclinazioni naturali innate e le abitudini offrono resistenza ed ostinatezza e più occorre moltiplicare e rafforzare i motivi, e più bisogna graduare le pene, e più si deve avere perseveranza per combatterle, se non per vincerle, almeno per attenuarle e paralizzarne l'esercizio; perchè non è più qui il caso di una colpevolezza interiore, nè di una giustizia nel senso più severo; qui si tratta del bisogno della società di prevenire il delitto, di correggere i malfattori e di mettere la società al sicuro da coloro che sono più o meno incorreggibili,,.

La criminalità dunque per Gall come pel Lombroso è il risultato dell'organismo. E altrove: "La misura della colpabilità e la misura della pena non deve esser presa dalla materialità dell'atto illegale, nè in una punizione prestabilita, ma unicamente nella situazione dell'individuo agente,,. Concetto questo che collima precisamente col gran principio della teorica Lombrosiana: si deve studiare e tener conto della temibilità del delinquente e non del delitto come astrazione giuridica.

Innumerevoli sono le osservazioni di fatto che da Gall vennero raccolte e che furono riscontrate poi anche dalla Scuola antropologica. L'insensibilità del delinquente; la divisione in delinquenti trascinati dalla passione e in quelli che delinquono per istinto innato; l'aver distinto fra i briganti, p. es. quelli che sono propensi soltanto ed unicamente al rubare, ed altri invece che uccidono sempre, anche senza necessità. Importante è pure l'osservazione che vi siano di quelli che dopo accessi epilettici si sentono tratti all'omicidio.

Gall non si è fermato a chiarire e dar corpo di teorica ai fatti che osservava intorno ai delinquenti, preoccupato delle ricerche di tutte le localizzazioni delle così dette facoltà, ma è certo che si era messo su una buona strada rispetto a questo problema.

Collaboratore e continuatore di Gall, esagerandolo anche, fu Spurzheim di Longuish, che pubblicò a Londra nel 1826 un'opera col titolo: Phrenology in connexion with the study of physiognomy, nella quale fa l'applicazione delle teorie cranioscopiche a molte teste di personaggi celebri. Un tentativo di psicologia genetica, come modernamente con vedute più ampie si venne applicando al genio, poichè Spurzheim, dall'esame del cranio di uomini insigni, rilevandone il vario sviluppo delle parti, lo metteva in relazione coi prodotti delle loro intelligenze. Fu lavoro però troppo unilaterale, quantunque egli stesso avesse genialmente espresso il concetto della necessità di tener conto di tutti i caratteri somatici e fisiologici col dire: "che la faccia ed il carattere armonizzano fra loro come le parti di una buona pittura, per la stessa ragione che in un paesaggio, se gli oggetti della spiaggia indicano tranquillità e calma, il mare non può essere in tempesta,,.

Giorgio Combe, scozzese, fu pure frenologo intelligente ed appassionato, e si occupò specialmente di rilevare i caratteri, più che sul cranio, nell'uomo vivo.

Gustavo Carus di Dresda, più vicino a noi, continuò lo studio antropologico in relazione alla mentalità e con un nome nuovo e bizzarro: "Simbologia della forma umana,,, proseguì la tradizione Galliana. Istituì un museo ove, fra una serie di cranî, di gessi, di stampe, interessanti l'etnografia e la patologia, raccolse i ritratti degli uomini geniali.

Studiò pure sotto nuovo aspetto i temperamenti Pietro Camper di Leida, che dallo studio dei capolavori greci, confrontato colle teste delle diverse razze umane e degli animali, trasse nel 1786 la importante misura dell'angolo facciale. Contribuì pure a rivelare i rapporti della forma organica collo spirito, e lasciò scritto sul mezzo di rappresentare in modo sicuro le diverse passioni che si manifestano sul volto e sulle analogie fisionomiche che esistono fra i quadrupedi, gli uccelli, i pesci e l'uomo.

P. N. Ottin, nel 1834, nel Précis analytique et raisonné du système de Lavater, si propose di diventare nientemeno che l'Euclide della scienza fisionomica. Non è a dire che vi sia riuscito, ma ha certo portato nuova documentazione per l'importanza della osservazione dei caratteri esterni alla conoscenza del morale ed alla previsione delle azioni dell'uomo; previsione nella quale sta riposta, per quanto possa urtare i bigotti della libertà di uccidere e di rubare, la tutela sociale dell'avvenire contro la delinquenza.

E qui mi fermo nel citare i continuatori di Lavater e Gall, perchè non essendo già mia intenzione di fare un lavoro storico completo sulle origini del movimento scientifico e filosofico che ha preparato il terreno alla fioritura degli studi lombrosiani, mi vedrei rubato lo spazio dalle citazioni, in questo campo antropologico e fisionomico, a danno di un'altra parte che pure mi conviene, almeno brevemente, accennare, quella cioè del concetto della degenerazione, applicato con tanta fortuna dal Lombroso e dalla sua Scuola.

E in questo campo troneggia il gran nome di Morel, che nel 1657, col suo "Trattato delle degenerazioni fisiche, intellettuali e morali della specie umana,,, apriva una novella êra agli studi psichiatrici e sociologici.

4. — B. A. Morel fu iniziato negli studi psichiatrici quando la scuola somatica tedesca, con Griesinger e Schroeder van der Kolk, reagendo alle esagerazioni dello spiritualismo, cercava già di dimostrare che la pazzia era sostenuta da lesioni fisiche cerebrali e viscerali, e quando Esquirol succedendo a Pinel abbandonava le speculazioni filosofiche per l'osservazione clinica; e quando in Italia, dove pure con Chiarugi si erano spezzate, parecchi anni prima che alla Salpêtrière, le catene degli alienati, si andava formando una valorosa schiera di alienisti quali il Bonacossa, il Bini, il Castiglioni, il Verga, il Biffi, ecc.

Morel, legato d'amicizia a Claude Bernard, trovava nel metodo sperimentale e nel rigore scientifico del grande fisiologo una guida sicura.

La parola stessa di degenerazione era usata per la prima volta a significare un complesso di fenomeni che come tale prima non aveva attirata l'attenzione. Si invertivano i termini. J. J. Rousseau affermava che la vita civile sociale era una depravazione dello stato di natura dell'uomo. Il lavoro, la fatica, la cattiva alimentazione delle classi povere si ritenevano più favorevoli alla salute degli agi dei ricchi. I moralisti della prima metà del secolo non erano certo entrati in uno spedale, nè avevano cognizione che i ricchi hanno una vita media che supera del doppio quella dei poveri e dei lavoratori. Nessuno prima di Morel aveva gettato il colpo d'occhio d'assieme sulla quantità di fatti, di analisi, di statistiche che collo sviluppo dell'igiene, dell'eziologia delle malattie in genere, dell'eredità, si erano raccolti. Non si ammetteva l'eredità patologica che per le affezioni similari. Morel definì invece così la degenerazione: "L'idée la plus claire que nous puissions nous former de la dégénérescence humaine est de nous la représenter comme une déviation maladive d'une type primitif. Cette déviation, si simple qu'on la suppose à son origine, renferme néanmoins des éléments de transmissibilité d'une telle nature que celui qui en porte le germe devient de plus en plus incapable de remplir sa fonction dans l'humanité, et que le progrès intellectuel, déjà enrayé dans sa personne, se trouve encore menacé dans ses descendants,,.

E dimostrò che la trasmissione ereditaria di una degenerazione non consiste nella rigorosa riproduzione della deviazione patologica osservata negli ascendenti, ma in certe modificazioni generali dannose alla costituzione, al normale funzionamento dell'organismo psico-fisico nei discendenti. L'eredità patologica specifica della gotta, p. es., della tisi, del cancro, non è la degenerazione morelliana, perchè egli non vede nell'uomo soltanto un essere isolato e sofferente, ma un essere morale e sociale il sintomo patagnomonico della degenerazione è un'inettitudine più o meno grande alla vita sociale, è la incapacità intellettuale, è l'affievolimento morale. Ed è appunto qui il nodo che riunisce i due grandi nomi di Morel e di Lombroso. Entrambi dal seno di queste varietà di degenerati fanno uscire gli assassini, gli incendiari, i ladri, i criminali, insomma tutti coloro che costituiscono un pericolo sociale. E quando Morel dice che coloro che popolano le prigioni "ne sont ni extraordinairs, ni inconnus pour ceux qui étu dient los variétés maladives au double point de vue de l'état physique et de l'état moral des individus qui les composent,,, si mette già nell'attitudine che deve assumere attualmente il medico dinnanzi al delinquente, quell'attitudine che spaventa tanto i buoni e pacifici borghesi, che si immaginano i seguaci di Lombroso come tanti pazzi pietosi, che abbiano a lasciar scorazzare, liberi di depredare ed uccidere come onda di barbari conquistatori, i delinquenti che cadono sotto il loro esame. No, non spaventatevi, o rigidi amatori delle vecchie formule e della immobilizzazione del diritto penale; come la Scuola Positiva, che nell'interesse della difesa sociale non ha romanticjsrnj e affettività isteriche pci degenerati, così Morel, parlando di delinquenti, dice: "Ces types sont les personifications des diverses degenérescences de l'espèce, et le mal qui les engendre constitue pour les sociétés modernes un danger plus grand que ne l'était pour les sociétes anciennes l'invasion dés barbares,,.

Il concetto che non si vuol comprendere, che si rigetta con orrore da tutti gli uomini d'ordine e che per la Nuova Scuola è la bandiera di combattimento, è vecchio di quasi un secolo, e fu intravvisto da una quantità di pensatori prima di Lombroso. Despine parlò di criminali per anomalie morali, per pazzia, per impeto di passione; Dailly nel 1865 sostenne innanzi alla Società medico-psicologica di Parigi che i criminali si dovevano assimilare agli alienati; Maudsley che la criminalità è una varietà di nevrosi; Bruce Thomson che i delinquenti non sono che degenerati ereditari. Virchow stesso proclamava che i degenerati sono criminali in via di formazione. Che più? Vauvenargues, uno dei tanti filosofi e moralisti del principio del secolo, nel suo Traité du libre arbitre, si esprime così energicamente, come neppur ora Lombroso ha creduto apertamente di fare, temendo maggiori ostilità nel pubblico, coll'affermare che bisogna trattare i criminali come ammalati. Udite: "Ma dirà qualcuno, se la delinquenza è una malattia del nostro spirito, non bisognerà trattare i criminali diversamente dei malati. Senza dubbio, nulla è così giusto, nulla è più umano di questo. Non bisogna trattare uno scellerato diversamente di un malato, ma bisogna trattarlo come un malato. Ora, come facciamo con un malato, per esempio, con un ferito che abbia la cancrena ad un braccio? Se si può risparmiare il braccio si salva il braccio; ma se non si può salvare il braccio per il pericolo che ne viene certamente al corpo, lo si taglia; non è vero? Bisogna trattare così con un delinquente se si può risparmiarlo senza pericolo per la società di, cui è un membro, lo si risparmia, ma se la salute della società dipende dalla sua perdita, bisogna che sia sacrificato; ciò è ben evidente,,.

Ma ritorniamo a Morel. La materia è così abbondante e i limiti che mi sono prefisso sono molto modesti, sì che non permettono digressioni. Torniamo a Morel, perchè con una brevissima corsa nel suo classico lavoro si convincano coloro che credono l'Antropologia Criminale sorta per la tenacia e l'idea fissa di un sol uomo, quanto fondamento essa abbia invece nei metodi già indicati da un'altra fra le più belle ed equilibrate menti del secolo.

Le cause che conducono alla degenerazione non si trovano per Morel esclusivamente nell'uomo in lesioni delle sue funzioni; egli è sottomesso all'azione di cause generali che sono importantissime a studiarsi, e senza la conoscenza di esse la spiegazione di un gran numero di fenomeni isolati diventa impossibile. Per ricordare solo ciò che può riguardare più da vicino ed in modo diretto applicarsi all'eziologia del delitto, quale venne da Lombroso nella sua ultima edizione dell'Uomo delinquente ampiamente trattata, noterò che, identificando la classificazione degli individui con quella delle cause, il Morel, incominciando dalle intossicazioni, dànno sviluppo grandissimo a quelle alcooliche; considerando le paralisi e le demenze premature degli alcoolizzati, le vere frenosi, gli arresti di sviluppo e le follie similari od indirette nella discendenza; le degradazioni ed i pervertimenti etici che l'abuso dell'alcool può determinare.

Nello stesso gruppo delle intossicazioni il Morel tratta largamente la questione della pellagra, cui dà un'alta influenza degeneratrice, poichè di questa intossicazione le cause sono permanenti ed agiscono su popolazioni compatte e soggette da secoli alla stessa venefica azione.

A proposito delle influenze telluriche, Morel si ferma ad analizzare la malaria, il cretinesimo. Questo per Morel, e di poco possiamo modificare oggigiorno l'opinione espressa dal grande alienista, è una degenerazione della specie dovuta ad un'azione, che un principio intossicante esercita sul sistema cerebro-spinale, e questo principio, la cui tintura anche attualmente ci è oscura per non dire ignota, è determinato sia dalla costituzione geologica del suolo, sia dalla configurazione del paese, dalle condizioni atmosferiche di umidità, di temperatura, ecc.

Le parole poi che egli ha sulle condizioni dell'ambiente sociale, costituiscono una delle più interessanti tesi dell'economia politica contemporanea. Le carestie, l'alimentazione insufficiente, le epidemie, alterano pure la costituzione generale dell'uomo, originano dei temperamenti morbosi di cui si trovano numerosi rappresentanti fra le generazioni che susseguono a quelle che da tali malanni furono più fortemente colpite.

L'altra categoria delle cause degenerative ammesse da Morel comprende, quali fattori essenziali, le industrie, le professioni nocive, la miseria. Senza voler entrare a sviluppare questi argomenti, che l'Igiene sociale è venuta man mano popolarizzando, farò notare soltanto come il Morel, con un intuito straordinario, nettissimo, abbia presentito i risultati che la scienza moderna ha ormai definitivamente assodati. Il genio del grande alienista sintetico, generalizzatore, ha precorso i tempi, dotando di un forte e salutare impulso tutto un movimento scientifico che ha segnato un'epoca gloriosa.

Il terzo gruppo eziologico di Morel è formato dagli stati degenerativi che susseguono a malattie acquisite o dell'eredità patologica. Dimostra la perniciosa influenza dei disturbi patologici sullo sviluppo intellettuale dà un alto valore al sordomutismo, alla cecità congenita e ad altre anomalie per la determinante di una trasmissione ereditaria, di una inferiorità psichica, punto di partenza di una serie degenerativa.

Morel presentì la fortuna che ebbe in seguito la sua geniale concezione, arditamente lanciata in mezzo alle pastoie di una teoria metafisica, dominante ancora al suo tempo la psichiatria, e disegnò il profilo del concetto moderno delle figliazioni degenerative:

"Esistono degli individui che riassumono le disposizioni organiche viziate di parecchie generazioni anteriori. Le condizioni di degenerazione in cui si trovano coloro che hanno ereditato certe disposizioni organiche difettose, si rilevano non solo per caratteristiche tipiche esterne, più o meno facili ad essere notate, come la piccolezza o la mala conformazione del cranio, la predominanza di un temperamento morboso, le deformità, le anomalie nella struttura degli organi, la sterilità, ecc., ma altresì per alterazioni, per divergenze nell'esercizio delle facoltà mentali e dei sentimenti etici,,.

L'opera di Morel venne completata, corretta, cesellata, dirò così, dal Lombroso, che applicandola alla delinquenza, allargò il problema della degenerazione, dischiuse coll'atavismo nuovi orizzonti, gettò viva luce sulle scienze filosofiche, giuridiche, sociali, e diede all'Italia il vanto di una Scuola gloriosa.

Capitolo VI.

I Precursori nell'arte e della psico-patologia del genio

1. Il tipo criminale nelle opere d'arte. - La questione del genio. — 2. Lélut. — 3. Moreau de Tours. — 4. Brierre de Boismont. — 5. Epilogo.

1. — Fra le prove che possono essere portate a dimostrare che esiste un tipo di fisionomia criminale facilmente rilevabile a chi abbia acume di osservazione, stanno le opere dei grandi artisti, nelle quali viene provato come l'arte coll'intuito geniale possa divinare di un tratto e fissare nell'opera personale, precorritrice di un'epoca, quelle stesse risultanze che in seguito, per la successione di una lunga serie di ricerche e di studi, si vennero dalla generalità applicando senza alcun sforzo e come naturale espressione di una conoscenza collettiva.

Non è il caso che io qui faccia una rivista delle più note ed ammirate opere dei celebrati pittori che hanno dato alle figure dei delinquenti che rappresentarono nelle loro tele i caratteri che la Scuola Lombrosiana ha designato essere proprî e speciali di essi. L'Iconografia dei Cesari di Edmondo Mayor, Le type criminel d'après les savants et les artistes di Ed. Lefort, il Lombroso nelle Più recenti scoperte ed applicazioni dell'antropologia criminale e nella sesta edizione dell'Uomo di genio, Enrico Ferri nei Delinquenti dell'arte, hanno raccolto, per citar pochi nomi, un'abbondante materiale illustrativo a questo proposito.

Ognuno visitando la pinacoteca che gli è più vicina può facilmente persuadersene. Citerò solo per esperienza mia come in quel grande e meraviglioso museo di arte italiana dal quattrocento ai giorni nostri, che è il Santuario di Varallo-Sesia, io abbia riscontrato perfettamente che i migliori artisti, pittori e scultori hanno sempre colpito le note caratteristiche del tipo delinquente nella rappresentazione dei soggetti che nell'azione esprimevano la malvagità, quali i Giudei (si tratta della Passione di Cristo), i carnefici, i soldati insultatori, i persecutori, ecc.

Il Ferri, nei Delinquenti nell'arte, si ferma con predilezione ai drammi di Shakespeare, che proclama il primo grande precursore della Antropologia criminale. Vi riscontra i tre tipi fondamentali di delinquenti: in Macbet il delinquente nato, in Amleto il delinquente pazzo, in Otello il delinquente per passione.

Ma questa ricerca che sembra tutta moderna e corollario quasi dell'opera di Lombroso, e potrebbe quindi sembrare agli ortodossi della classicità un pernicioso effetto dell'odiato metodo positivo, fu ben prima d'ora intrapresa e magistralmente condotta, prima che l'Uomo delinquente e l'Uomo di genio sollevassero a rumore il campo dei penalisti e dei letterati. E lo vedremo.

Qui occorre soltanto notare come Lombroso non solo ha dato ordinamento scientifico ed ha iniziata la riforma nel diritto penale e nella criminologia, ma collo studio positivo applicato alla produzione della genialità, abbia aperto nuovi orizzonti alla critica letteraria e umanizzato quegli idoli, che un pregiudizio atavico poneva, perchè geni, all'infuori della natura in un olimpo da operetta.

E tutti coloro che nella recente applicazione delle indagini psico-antropologiche ai geni, si scagliarono, in una gara compassionevole facendo a chi si mostrasse più ignaro di coltura biologica ed invasi da vero spirito settario, a gettar contumelie contro il grande maestro, ritenendolo responsabile di tutto il movimento scientifico applicato alla critica letteraria ed alla questione del genio, dovrebbero sapere che se è ben vero che da Lui questi studi hanno attinto un indirizzo più ordinato e severo, non sorsero per opera del solo impulso personale, ma hanno le loro origini nei principi stessi della psico-patologia e si svilupparono pure presso scuole psichiatriche prima che fiorisse quella italiana.

È quindi opportuno che almeno qualcuno di questi precursori e fattori della teorica lombrosiana sul genio e delle sue applicazioni, abbia a trovare posto in questo volumetto.

È impossibile negare valore alla somma dei fatti raccolti dal Lombroso e dalla sua Scuola, i quali provano come il genio abbia comune coll'epilessia la straordinaria irritabilità della corteccia, le vertigini, le convulsioni, le amnesie, le allucinazioni, le intermittenze, le periodicità; come i caratteri degenerativi del genio, mancinismo, precocità, sterilità; misoneismo parziale, doppia personalità, iperestesie, anestesie, o le vere forme di alienazioni, come in Baudelaire, Comte, Tasso, Cardano, Leuau, Gérard de Nerval, Maupassant, ecc. sieno più frequenti nei geni, e come l'eziologia del genio sia sottoposta ad un cumulo di influenze, meteore, clima, razza, malattie cerebrali nei genitori, eredità collaterale pazzesca, con strette analogie con quanto avviene per gli alienati ed è altrettanto indiscutibile come la pazzia molte volte faccia diventare per un momento geniale un uomo mediocre, tanto da aver condotto all'opinione popolare che qualifica coll'appellativo di poeta chi sia strano e pazzesco; tutto questo dico è un materiale che getta una gran luce sulla questione del genio, e nessuno può infirmare che tutto ciò non debba spettare al dominio della psicologia e della psichiatria.

Vedendo che alcuni di questi concetti vennero già sviluppati da chi è insospettato di accomodare l'osservazione alla teorica preconcetta, questa ne ritrarrà, lo spero, argomento presso gli onesti di maggior considerazione.

Perchè il Patrizi, il Roncoroni, il Rossi, il Sergi, la Paola Lombroso, l'Arvède Barine, il Cognetti ed io, non solo siamo stati accusati negli studi sul Leopardi, sul Tasso, sul Beccaria, sul Po, sull'Alfieri, ecc. di aver invaso il campo altrui, perchè abbiamo semplicemente posto in luce le relazioni che corrono tra la costituzione dello scrittore, l'ambiente e le opere, e tolto i veli coi quali si erano rivestite le figure degli uomini geniali, rimettendoli nella realtà e nella natura, ma abbiamo anche dovute patire l'insinuazione di voler artificiosamente applicare ad ogni costo, travisando i fatti, la teorica del maestro.

Speriamo che pei Precursori questo sistema polemico non possa essere adatto.

2. — Nel 1836 Lélut, medico degli alienati di Bicétre, pubblicava un lavoro; Du démon de Socrate, nel quale poneva decisamente queste due tesi che possono sembrare anche oggi ardite. La prima era questa, che vi possono essere stati mentali di natura tale che colla apparenza della ragione più integra e unitamente allo sviluppo di facoltà eccellenti dell'intelligenza uniscono la possibilità di false percezioni, di illusioni, di allucinazioni, isolate e continue; sintomi ordinari costituenti l'alienazione mentale, e senza che il contagio della pazzia abbia ad invadere la parte sana della mentalità che insomma non tutti i pazzi sieno ricoverati all'ospedale, che ve ne sono dappertutto, nei salotti come nelle vie, sugli scanni del potere e come negli uffici pubblici, nei commerci e nelle scuole, come nelle aule della giustizia e sugli altari.

La seconda tesi che si proponeva il giovane autore era che anche gli uomini geniali più universalmente ammirati, corrono quel pericolo della prima tesi, che Socrate, il più venerato dei filosofi, non era che un visionario, un allucinato, un pazzo e che avrebbe bastato fare su un certo numero di uomini geniali un lavoro di ricerche storiche e d'osservazioni fisiologiche e psicologiche per trovarne un buon numero così degni della nostra ammirazione come Socrate, ma ugualmente degni del nome d'allucinati e di pazzi. E dopo dieci anni, nel 1846, Lélut, con una maggiore ampiezza di documentazioni, non curandosi delle critiche che i suoi scritti avevano occasionato, si ripresenta con un nuovo esempio L'Amulette de Pascal, a costruire la serie dei geni degenerati. Nel 1856, in una nuova edizione, rinforza le proprie idee intorno a questa questione e si dichiara più che mai convinto della verità del suo asserto.

Socrate e Pascal allucinati, pazzi? Gridarono i filosofi e i letterati d'allora. Siete voi Lélut pazzo ed insensato, voi che toccate i nostri idoli venerati da secoli, voi che distruggete il sacro patrimonio dell'intelligenza e delle gloriose tradizioni !

E si svolsero allora press'a poco le lotte a cui noi assistiamo oggi giorno; tanto può lo spirito conservatore nell'uomo, e tanto è difficile il cammino di un'idea nuova nella selva dei pregiudizi.

Sainte-Benve, come oggi Arturo Graf, sembrò essersi convertito alla teorica dell'alienista. L'autore delle Causeries du Lundi accettò infatti la tesi generale di Lèlut e pur facendo riserve per Pascal, accettò la pazzia di Giovanna d'Arco. Ma i filosofi, cominciando da Cousin, non vollero seguirlo su questo punto per Socrate: profetico, estatico, mistico forse, allucinato no.

Alcuni giornali del tempo, però, vedono già molto bene nella critica di questi lavori del Lélut il punto di vista generale sotto cui dovrebbe essere studiato il problema anche al giorno d'oggi.

Negli Annales médico-psychologiques del 1857 Albert Lemoine, professore di filosofia a Bordeaux (e cito questo perchè non è sospetto come medico e tanto più come alienista), si esprime press'a poco così: "Che importa alla tesi generale, quella della coesistenza della pazzia nel genio, che egli possa dimostrare completamente, sicuramente, in modo di non lasciar dubbio che Socrate sia stato o no allucinato? L'importante è che Lélut ci ha convinti che Socrate, quand'anche lo fosse stato, rimane ancora il più grande filosofo dell'umanità, e che egli ha resi capaci di ammettere la possibilità che Socrate lo sia stato e che il dubbio, confortato da una maggior documentazione, da nuovi fatti, sentiamo potrà diventare certezza,,.

Un medico commenta poi questa schietta ed onesta affermazione del filosofo di Bordeaux congratulandosi della vittoria di Lélut, poichè, dice, si è venuto ad intenderci sulla questione generale della dottrina.

E infatti due anni dopo J. Moreau di Tours riprendeva più ampiamente a dimostrare che uomini, che per la superiorità dell'intelligenza e per manifestazioni geniali avevano legato alla posterità un nome circondato di ammirazione e di rispetto, erano incontrastabilmente affetti da malattie nervose, e che quei fenomeni che per tanto tempo erano passati quasi per soprannaturali, non erano in realtà che sintomi, che effetti di stato patologici, e avendo visto che affezioni nevropatiche svariatissime si mostravano in una proporzione tale da allontanare ogni idea di coincidenza casuale presso coloro che eccellevano per le facoltà intellettuali e presso i loro ascendenti e discendenti, giunse a generalizzare i propri risultati in una formula che svolse nell'opera: La psychologie morbide dans ses rapports avec la philosophie de l'histoire, ou de l'influence des nevropathies sur le dynamisme intellectuel.

3. — Moreau in sostanza dice questo, e sarà bene riportarlo colle sue parole testuali: "Les dispositions d'esprit qui font qu'un homme se distingue des autres homnies par l'originalité de ses pensées et de ses conceptions, par son excentricité ou l'énergie de ses facultés affectives, par la transcendance de ses facultés intellectuelles, prennent leur souf ce dans les mémes conditions organiques que les divers troubles moraux dont la folie et l'idiotie sont l'expression la plus complète„.

È collo studio minuzioso e particolareggiato dell'organismo che noi possiamo giungere alla conoscenza esatta del modo di funzionare dell'intelligenza. Non è sullo sviluppo progressivo dell'organo che si regola e si modella lo sviluppo della funzione? Locke, Helvetius è vero hanno attribuito la diversità dell'intelligenza alla diversità dei gradi di educazione. Ma come ammettere una teoria che suppone l'uguaglianza congenita di tutti gli uomini? Ciascuno dalla nascita porta con sè disposizioni, attitudini innate e che più tardi entreranno come parte integrante delle personalità.

L'educazione utilizza queste tendenze, non può crear nulla; "ne saurait changer le niveau intellectuel, ne donner, par exemple, un cerveaugénie à celui qui n'a reçu de la nature qu'un instinct intellectuel„.

Ne risulta che il corpo umano sia un gran libro aperto nel quale basti spingere lo sguardo attentamente per potervi trovare l'indicazione delle diverse qualità morali, delle tendenze intellettuali ed affettive. Noi non siamo in possesso ancora di mezzi perfetti di indicazione, ma ciò non toglie che le disposizioni organiche che sono in rapporto colla diversità, coll'ineguaglianza delle intelligenze, non abbiano ad esistere.

Moreau, analizzando le manifestazioni superiori delle facoltà intellettuali, ci mostra quanta parte in esse partecipi della natura delle nevrosi; l'analogia che avvicina l'eccitazione maniaca alla inspirazione, all'estro poetico, la parentela che esiste sotto certi riguardi fra l'attività intellettuale ed il delirio, la comunanza di origine nell'influenza ereditaria, e come le intossicazioni, la febbre, le congestioni cerebrali, le nevrosi, persino l'agonia possano essere origine di una attività mentale superiore alla normale.

Fa passare, in un bellissimo parallelo, quanto vi è di comune fra genio e pazzia. Antecedenti ereditari, malattie della prima infanzia, anomalie croniche, pervertimenti morali, precocità o ritardi esagerati.

E presenta perfino i particolari della teorica lombrosiana riguardo all'azione dell'epilessia dicendo: "On sait que dans certaines affections nerveuses, dans l'excitation maniaque par exemple dans l'hystérie, il se développe une force muscolaire d'une telle énergie, qu'on a cru pou voi en assimiler ies effets à ceux d'un décharge de fluide électrique... Or, pourquoi n'enviagerait-on pas les choses de la méme manière lorsqu'il s'agit de la modalité psychiqne du cerveau? Action pureinent nerveuse et action intellectuelle n'émassent-elles pas de la mém source? Leur exagération ne reconnaît-elle pas la même cause, la surexcitation des centres nerveux?

4. — Nel 1861 Brierre de Bòismont. in un poderoso lavoro: Des Hallucinations, attaccò colla critica psico-patologica nientemeno che l'idolo massimo della Francia, colei che venne considerata la liberatrice della patria, che sventolò lo stendardo della nazionalità: Giovanna d'Arco. Già il Calmeil, nel suo De la folie considérée sons le point de vue pathologique, philosophique, historique, judiciaire, ne aveva fatta una comune allucinata, una vera pazza, notando però come questo stato particolare del suo sistema nervoso, infiammandone l'ardore guerriero, dava alla Pulzella d'Orléans un fascino quasi soprannaturale ed una genialità d'azione. Brierre de Boismont analizza il carattere e le allucinazioni di Giovanna d'Arco. Tutti gli storici convengono nell'attribuire a Giovanna un altissimo grado di intelligenza pari a quello degli uomini superiori, degli eroi, dei genî, "messaggeri, come dice Carlyle, inviati dalle misteriose regioni dell'infinito con delle novelle per noi,,. Di allucinazioni Giovanna d'Arco non ebbe solo quelle dell'udito e della vista. Il tatto e l'odorato erano pure in giuoco, e durarono per più di sei anni senza cambiar di carattere, senza cessare d'essere in relazione colla sua grande missione.

Ell'era convinta di aver abbracciate le sante Caterina e Margherita, una viva luce si manifestava alla sua vista dal lato da cui essa sentiva le voci, ed un profumo soavissimo la colpiva allorquando le si disegnavano d'innanzi le figure degli angeli, degli arcangeli. Portò costantemente un anello che ritenne santificato pel contatto di Santa Caterina.

Questi fenomeni allucinatori e la successiva profonda completa trasformazione della personalità che ne fu la conseguenza, non differiscono in nulla da quelle che ogni giorno si osservano negli alienati. Questa analisi di un idolo patriottico, politico, religioso: di un'eroe, e perciò geniale certamente, a considerarne i fenomeni patologici, può essere a buon diritto avvicinata all'ordine degli studi, che la Teorica Lombrosiana della degenerazione del genio ha modernamente sviluppati, e sarà, spero, prova sufficiente che la luce della verità penetra e si fa strada attraverso gli ostacoli del pregiudizio e del misoneismo in qualunque tempo e sotto il dominio di qualunque scuola e dottrina. Certo queste che io vado raccogliendo non sono che accenni, che visioni parziali del vero, ma non tolgono il grande merito di chi più arditamente e con maggior sicurezza ha saputo spezzare gli schermi che impedivano alla luce di irradiare vittoriosa su di un campo più vasto.

Lo stesso Brierre de Boismont nel 1868 intraprese una serie di studi psicologici sugli uomini celebri. Shakespeare si fu uno dei più completamente studiati. Shakespeare, che dai moderni venne ristudiato sotto questo punto di vista di dimostrare cioè, come il suo genio abbia saputo veder bene e creare tipi di pazzi e di delinquenti non solo, ma possedere un esatto concetto intorno alla criminalità, che si avvicina moltissimo a quello della scuola antropologica. Basterebbero le parole dell'Amleto (Atto 1°, scena 4ª): "Alcuni uomini portano sin dalla nascita una qualche stimmata cattiva di cui essi non hanno colpa; perchè non ebbero parte nè scelta nelle origini delle cose naturali. Per l'eccessivo sviluppo di una qualche loro tendenza, spesso sono vinti i freni della ragione, e una cattiva abitudine fa sviluppare in un modo tale il germe degli istinti, anche buoni, che quell'impronta speciale (che è stigmata di natura e segno di cattiva stella) corrompe tutte le altre virtù, siano anche pure come la grazia; la goccia del male spesso soffoea sotto il suo maleficio ogni nobile sostanza,,.

Il prof. Ziino nel suo Shakespeare e la scienza moderna (Palermo 1897), con molta dottrina e fine analisi esamina dal punto di vista antropologico criminale le opere del grande poeta. Ma tornando a Brierre de Boismont egli afferma, come conclusione generale dello studio su Amleto e Re Lear, che le concezioni di Shakespeare sulla pazzia sono tali che un medico versato nella pratica delle malattie mentali ha gli elementi scientifici necessari per formulare un diagnostico.

5. — Potrei portare altri e convincenti documenti a comprovare che la teorica della degenerazione del genio non è spuntata soltanto ai nostri giorni e che i grandi artisti intuirono i dettati dell'Antropologia criminale. Sembrami che il poco già fatto sia sufficiente per iniziare chi desideri maggiori schiarimenti alla ricerca.

Il mio modesto lavoro di compilazione sono certo lascerà tuttavia increduli gli avversari, per temperamento della nuova scuola, che sapranno colla lente d'una logica rigorosa trovare le deficienze, le contraddizioni anche nei precursori che ho citato; ma la logica del mondo accademico è pur sempre stata quella che ha ostacolato i progressi della diffusione della verità; è quella stessa che ha preparato il rogo a Giordano Bruno, condannato Galileo, incarcerato Colombo, calunniato Darwin. La gloria di Lombroso non è quella di aver veduto meglio degli altri che lo precedettero il suo vero: è di avere consacrata tutta una vita mirabile per sostenerlo e difenderlo; di non essersi arrestato contro i pertinaci e i superbi che lo combatterono, ma colla fede d'apostolo d'averlo bandito e difeso è nella sua grande potenza organizzatrice di un immane lavoro collettivo dei suoi discepoli, cui seppe trasfondere l'entusiasmo per la sua idea; è nell'amore nella cura che egli pose a raccogliersi intorno una scuola; nella potenza espansiva del suo sguardo d'aquila a cogliere ogni più utile e feconda applicazione dei suoi principî; sta nell'esclamare come ha fatto al pensiero dei Precursori:

"Quando si vede la nostra strada seguìta da tali grandi, non si teme più di averla smarrita, e si può sorridere e quasi gloriarsi delle persecuzioni, di cui l'ignoranza dei contemporanei ci onora!„.